LE CRI DE LA GARGOUILLE

Dominique de Villepin est né le 14 novembre 1953 à Rabat, au Maroc.
Secrétaire général de la présidence de la République de mai 1995 à mai 2002, Dominique de Villepin est aujourd'hui ministre des Affaires étrangères.

DOMINIQUE DE VILLEPIN

Le Cri de la gargouille

ALBIN MICHEL

La France écartelée

Sept ans à veiller aux cahots du chemin, à rallumer sa vie à la mèche d'une bougie, à réchauffer son âme aux brasiers de l'histoire et des esprits sauvages, de Villon à Cendrars, de Char à Matta. Sept ans à imaginer des rivages inconnus et nouveaux à hauteur d'une passion française.

Je me souviens de cette soirée de liesse de 1995, au bas de l'avenue d'Iéna, place de la Concorde et sur les quais de l'Hôtel de Ville. Paradoxalement, l'inquiétude m'étreignait alors à la vue des transports de la foule anonyme. Peut-être devinais-je déjà la lutte que nous allions devoir livrer, dos au mur, pour sortir la tête haute du vieux siècle, combat pour la modernité et pour rehausser la France en Europe. Mais cette tentation de se fermer au monde et de se voiler la face, est-ce bien la France ? Curieux pays saisi d'une danse de Saint-Guy, étrange peuple qui vit dans l'effroi et la fascination du Minotaure, qui rêve de Thésée et le stigmatise, se prosterne devant les autels et les bouscule. Pays de Marius et de Cyrano, pays de Tartuffe et de Monsieur Jourdain, toujours prêt à rire et à pleurer.

Souvent, au cours de ces années dont la dernière page se tourne, j'ai redouté le drame d'un pays aveuglé marchant à tâtons. Devant le sillon de la nation, ouvert comme une blessure écarlate, pointe l'exaspération ou la haine. Et pourtant je veux croire à l'ardeur, à la conviction, à l'enthousiasme, pour empêcher cette marche funèbre. Voici venu le temps du sursaut.

S'ils furent nombreux à se réjouir en ce début d'année 1793 quand la tête du roi fut tranchée, le corps du pouvoir, lui, depuis deux siècles, n'a cessé de grandir et de se multiplier. En abattant les puissants, la Révolution en a élevé des milliers d'autres sur leurs dépouilles. Le pouvoir s'invite partout, creusant le fossé entre ceux « d'en haut » et ceux « d'en bas ».

Ce loup-garou qui court les villes et les campagnes n'enflamme pas seulement l'imagination des hommes, il se tapit encore au cœur de la nation. Il niche dans des rêves ou des nostalgies de conquête, de gloire ou de grandeur, forge la conviction d'un destin sans égal, d'une mission incomparable nourrie d'une histoire, d'une langue, d'une terre à nulle autre pareille, bénie des dieux, de toutes ses saisons, de tous ses paysages, de son unité comme de sa diversité, de son esprit... Et pourtant, que de paradoxes et d'antinomies chez un peuple, tour à tour ou en même temps, esclave et libre, servile et frondeur, gai et triste, dynamique et apathique... Mais quelle épopée, de Clovis à Louis XIV, de la Révolution à Napoléon, de Clemenceau au général de Gaulle ! On cite encore de grands Français, ici ou là, dans le sport, le cinéma, les arts, la littérature ou l'univers de la pensée, mais la tentation de la résignation menace une nation qui sent la torpeur la gagner. Alors effacement, déclin ou méconnaissance des promesses du nouveau monde ? Sous leurs déguisements, que diraient aujourd'hui, de notre beau pays, les Persans ou les Hurons ? La France deviendra-t-elle une île portée par sa fantaisie et justifiant les critiques d'une vaine arrogance, ou bien, fidèle à elle-même, trouvera-t-elle la force et l'imagination de surprendre une fois encore ?

Dans ce labyrinthe, je garde une conviction pour fil d'Ariane : la France a une âme, un destin qui même au bord du gouffre lui fera trouver la parade, l'antidote au venin mortifère, l'issue au cauchemar. Elle vacille, mais ne tombe pas. Fascinante nation qui, par vents et tempêtes, stupéfiée ou à l'envol, veille comme gargouille accrochée à son rêve de pierre. Sous les porches, aux tympans des cathédrales, voyez comme elle voudrait hurler. Songe douloureux, cri silencieux d'un dégorgeoir de légende, licorne ou centaure, cyclope ou phénix, bouffon ou cracheur de feu.

À juste titre, nous sommes fiers de notre noble vaisseau. Doté d'un équipage très hiérarchisé, il a déjà échappé plusieurs fois au naufrage malgré les obstacles dressés sur sa route : la guerre de Cent Ans, les guerres de Religion, la Fronde, la Révolution française, la Commune, les deux conflits mondiaux, la décolonisation. Néanmoins notre pays compte encore trop de classes soigneusement séparées, exposant ainsi à la lame les passagers des ponts inférieurs. Déjà brûlent des parfums crépusculaires, perce l'angoisse qui épelle la fin d'une époque. Pour beaucoup, à l'étranger, la messe française est dite. Dans leurs regards se lisent l'ambition et l'ordre serré des marchands. Certains même ont oublié que naguère un livre d'heures français, enluminé d'or et de sang, fut composé d'une écriture vivace, à la trace profonde. Au mieux ils se figurent un vieux grimoire, au pire ils demandent : la France ? Quelle France ? Aucun ne voit les chapitres qu'il reste à écrire.

Europe, mondialisation, ces mots résonnent souvent chez nous comme les nouvelles cartes d'un jeu plein d'embûches. Plus le navire s'enfonce, plus les élites se pressent et s'agitent à l'intérieur. On se querelle et on joue, on discute et on partage, tandis que le peuple se regroupe aux marches... La France risque-t-elle de s'abandonner au premier maître venu, ouvrant la voie aux charognards, aux hyènes et aux chacals, chantres de la barbarie ? Pourquoi donc notre pays en serait-il toujours réduit à invoquer le gouffre salutaire ? Tragique dérive entre le temple du pouvoir et le sanctuaire de la conscience, qui s'est perpétuée à l'ombre d'arbres de la liberté pourtant plantés dans la passion et l'élan de 1789. À l'observer de près, la France semble plutôt s'étioler sous les branches empoisonnées d'un mancenillier.

Pendant ce temps, nos places publiques sont envahies de diseurs de bonne aventure, de joueurs de bonneteau ou de gourous espiègles. Et l'on se prend de nostalgie pour les puissants manifestes d'hier, déclarations, libelles, appels, placards aux murs, dans les couloirs des métros, sur les arbres de la Sorgue. *Les Soupirs de la France esclave* de Jurieu en 1689, *Qu'est-ce que le tiers état ?* de Sieyès un siècle plus tard, pamphlets anonymes, factums de Constant ou de Chateaubriand, Mémoires de Retz ou de Saint-Simon, portraits de La Bruyère, aphorismes de La Rochefoucauld ou de Chamfort, charges de Molière et de Beaumarchais, paroles connues ou inconnues... À quoi bon se lever pour dire à nouveau, parler encore, crier ? Tout n'a-t-il pas été déjà pensé, couché sur le papier ? Que reste-t-il à inventer, à quoi bon témoigner, s'indigner, s'enflammer ? Valeurs et idéaux peuvent-ils encore représenter autre chose que des mots gonflés, des étendards rapiécés dépourvus d'émotion et de force vivante ?

Sait-on encore distinguer les mots république et démocratie, égalité et pacte social, civisme et citoyenneté ? N'est-il pas temps pour nous de revenir aux sources, de nous plonger dans un bain de jouvence ? Car la France a déjà éprouvé l'ouate et la brume, l'oubli et la lâcheté, les passions et l'indifférence, mais jamais tant d'inconscience devant le drame. Sommes-nous pris au piège entre la pensée molle et les mirages d'une autre politique, cet envers miraculeux du décor pour tous ceux qui refusent d'avancer dans le sens de l'histoire ? D'un côté la bonne conscience douceâtre, le conformisme réconfortant, de l'autre une ambition d'artifice, un mensonge vain et coûteux. Ne peut-on espérer marier inventivité et volonté, réalisme et ambition ? Pourquoi n'y aurait-il que deux extrêmes à opposer : le tout-État d'un côté, le chacun pour soi de l'autre ? Il est vrai qu'un tête-à-tête confortable avec le pouvoir nous a accoutumés à toujours attendre de l'État la satisfaction de nos moindres désirs.

Ce pouvoir tutélaire appartient au passé. Mais l'avenir ne se réduit pas non plus au libéralisme des États-Unis ou de la Grande-Bretagne dont le laisser-faire creuse les ornières du « laissez-de-côté ». Entre le modèle colbertiste et l'individualisme absolu, une autre voie reste possible, à condition de demeurer fidèle au meilleur de notre héritage, aux idéaux de liberté et d'égalité, de fraternité et d'initiative conjugués. Donner à l'État sa juste place, trouver le bon équilibre entre ordre et liberté, solidarité et responsabilité, renouveler les principes mais aussi les procédures : tels sont les premiers défis que nous avons à relever pour retrouver une harmonie entre le pouvoir et une société d'individus en marche, plus concernés et mieux informés. Il s'agit de rien moins que d'inverser la dynamique séculaire qui vide notre pays de sa substance au profit de structures rigides et sclérosées. Les grands piliers sur lesquels s'est bâtie la singularité française – ordres, classes sociales, catégories socioprofessionnelles, corps intermédiaires, contre-pouvoirs, partis, syndicats, Églises... – se dressent encore, mais ils ne fondent plus rien.

Le modèle anglo-saxon est-il mieux à même d'incarner et de faire vivre la démocratie en assurant sa place à chacun ? Plus fortes pour encourager aujourd'hui toutes les formes d'expression collective, les sociétés américaine ou britannique, nourries de l'idée de liberté, seront-elles aptes à répondre à l'exigence de solidarité pour affronter l'avenir ? À chacun ses atouts, ses handicaps, son calendrier. Une véritable révolution s'impose des deux côtés de l'Atlantique. La question à nouveau se pose, comme au milieu du XVIIIe siècle, de savoir qui donnera l'exemple et se montrera capable d'accomplir cette mue pacifiquement. Demain encore, comme hier, il faudra se réapproprier la mémoire, inventer une histoire et construire un avenir. Dans cet espoir, voici une première pierre posée sans précaution, comme un appel, direct mais fraternel, à la fidélité, à la volonté et à l'imagination françaises.

1

Le mystère français

Autrefois, le pouvoir jouissait d'une aura que nul n'aurait osé lui contester. On s'agenouillait devant les puissants parce qu'un geste de leur part, un mot plus haut qu'un autre, un signe de satisfaction ou d'irritation, emportait une décision, annonçait un acte, modifiait l'ordre du monde. Saint Louis étend les mains, les écrouelles sont guéries. Henri IV entend la messe à Saint-Denis, l'unité du royaume est sauvée. Napoléon commande, la Grande Armée culbute l'Europe. De Gaulle parle, les passions se calment. Pouvoir sacré, dont l'efficacité reposait autant sinon davantage sur l'imaginaire ou le symbolique que sur la réalité de ses moyens.

Naguère le pouvoir décidait, ordonnait et légiférait. Les manifestations, libelles, requêtes et le suffrage surtout avaient un sens puisqu'ils marquaient l'assentiment ou le rejet du dépositaire de la souveraineté. Le vote était une bénédiction, consentie ou refusée, comme on accorde ou retire sa confiance. On allait voter comme on allait à la messe : par conviction. Le Dieu des urnes disposait de notre quotidien comme le Dieu des Églises de notre conscience.

Aujourd'hui, des millions d'électeurs expriment leur désillusion en s'abstenant ou en se portant sur des candidatures de protestation. Comment ne pas s'indigner que l'État laisse les entreprises licencier alors qu'elles affichent des profits substantiels ? Ce serait si facile, pourtant, de mettre le chômage hors la loi ou de nationaliser à nouveau ! Même consternation chez les petits entrepreneurs au bord de la faillite, les agriculteurs en désarroi, les commerçants inquiets. Certains pointent du doigt l'immigré voleur d'emploi ou l'Europe dévoreuse de la souveraineté nationale : ce serait si simple pourtant de renvoyer les étrangers ou de quitter l'Union européenne... Tous ont le sentiment que, malgré ses promesses réitérées, le pouvoir les abandonne, moins par négligence peut-être que par impuissance. La faute n'en paraît que plus scandaleuse : qu'est-ce qu'un pouvoir qui ne peut rien ? Quand des salariés indignés exigent des mesures pour sauver leurs emplois, des experts leur répondent libéralisation nécessaire, compétition internationale, contrainte macroéconomique, blocage conjoncturel, indispensable mobilité. Quand des paysans désespérés voient détruire leurs troupeaux, des conseillers vêtus de gris haussent les épaules et désignent Bruxelles, la Commission, ces clones européens qui les ont privés de leur influence mais qu'ils rêvent de rejoindre.

La réalité se résume-t-elle à cette dépossession, ou la volonté politique peut-elle encore modifier le cours des choses ? Trop longtemps tue ou différée, la question exige d'être posée. Or aujourd'hui, pour la première fois dans notre histoire, Rome ne serait plus dans Rome, le pouvoir n'aurait plus de pouvoir, il n'en aurait plus que l'apparence. Son territoire a fondu au soleil des nouvelles réalités.

Comment certains ne seraient-ils pas tentés par la nostalgie des temps du pouvoir tout-puissant, qui n'avait qu'à paraître pour être obéi ? Car le pouvoir obsède la France, maladie nationale venue du fond des âges, plaisir de se hausser, de se gausser, de se gonfler. Héritage d'une histoire tumultueuse, de duels en combats, d'assauts en croisades. Appétit d'autorité, esprit de conquête, instinct de survie. Pouvoir qui fascine et qui brille, quel qu'en soit le domaine, politique ou négoce, manufacture ou culture, à l'usine ou à l'école, sur les cœurs ou sur les âmes.

Ce pouvoir sacré, alliant sabre et goupillon, fruit de la monarchie absolue et de la Contre-Réforme, a sculpté une société de commandement où la verticalité domine. Les ordres fusent de Paris à Marseille, à la vitesse de l'éclair, dans une exécution toute militaire, héritage de Richelieu jusque dans la République laïque. Face à cette poigne de fer, le citoyen balance entre fronde et soumission : courtisan ou Mandrin, vassal ou maquisard, béret plat de la

Milice ou brassard du partisan. Ainsi va notre histoire, ponctuée de jacqueries, grèves ou révoltes, saisie de vertiges, putschs ou coups de force, secouée de terreurs rouges ou blanches, de révolutions et de réactions. Fondée sur l'ordre et la guerre, notre société n'a jamais su faire place au partenariat et préfère toujours au contrat l'arbitrage invisible et anonyme de l'État.

Depuis cinq siècles, notre destin a donc été pris en main et modelé par un pouvoir Pygmalion. Il place l'État au cœur d'une France fille aînée de l'Église où le catholicisme s'allie à l'esprit chevaleresque pour inspirer la méfiance à l'égard du commerce et de l'argent. De ces racines entrecroisées découlent des choix fondateurs : le choix de la terre, d'une société attachée à son histoire, à ses valeurs, à son mode de vie, qui se reconnaît aussi bien dans les figures du Béarnais Henri IV que d'un Pompidou ancré dans son Cantal natal ou d'un Mitterrand sur fond de village, clocher et pâturage tranquilles ; le choix militaire, dans une France exposée aux invasions, mais galvanisée d'abord par la conquête, puis par le rêve des frontières naturelles et les idéaux de la Révolution ; le choix continental d'une nation qui laisse à l'Angleterre le commerce de ces « agiles vaisseaux » célébrés par Voltaire ; le choix enfin et surtout de l'État centralisé, d'un modèle hiérarchisé, rationalisé, et qui pendant longtemps s'est identifié à la modernité.

Notre culture reste façonnée par ces engagements : rétive au risque et au mouvement, elle exalte la permanence, les victoires du passé. Suspicieuse à l'égard des biens matériels, elle tient en lisière entrepreneurs et financiers, quitte à laisser le mensonge et l'hypocrisie déchirer une société qui, pour ne pas adorer le veau d'or, sacralise le Léviathan. Une société qui, élitiste et stratifiée, demeure aussi prisonnière des fantômes de Versailles. Une France romaine, quadrillée par les armes, écrasée par les deux premiers ordres – noblesse et clergé –, tandis que le Tiers aspire à s'élever par le service de l'État, dédaignant trop souvent l'industrie et le commerce. L'Espagne du Siècle d'Or aurait dû nous servir de contre-exemple : l'afflux de richesses en provenance du Nouveau Monde, en lui donnant les moyens de cultiver ses démons, a précipité son déclin. En France, à défaut de se gorger d'épices et de métaux précieux, le pouvoir a compté sur une population nombreuse et son inépuisable énergie ; tel le Minotaure, tapi au fond du labyrinthe, il n'a cessé d'exiger son tribut pour dompter la violence et dominer l'Europe.

La Révolution française n'est pas terminée puisque l'idéal d'une société pacifiée par le progrès et le recul de la misère s'est fracassé en une génération devant la persistance du chômage et la montée de l'insécurité, sur fond de crise de la politique et de malaise de l'État. Ces désillusions illustrent jusqu'à la caricature le destin d'une France écartelée depuis l'origine entre l'aspiration au bonheur et le spleen, l'incantation morale et la violence, la religion du pouvoir et le scepticisme, l'union sacrée et les rivalités partisanes les plus mesquines. Étrange pays qui oscille sans cesse de la grandeur à la lâcheté, de l'égoïsme catégoriel à l'esprit de sacrifice ! Comment s'est construite cette exception française d'une nation livrée à l'État dévoreur de la société, maître absolu de citoyens ilotes vénérant les chaînes dont il les charge ? Comment la France a-t-elle combiné, dans une alchimie vénéneuse, l'irrésistible poussée parallèle de l'individualisme et du Léviathan, au point que la société ne tient plus ensemble que par la médiation d'un pouvoir dont les blessures portent, pour la Nation, la menace de la désagrégation ?

Penser le destin français s'avère une tâche redoutable : que Tocqueville incrimine la centralisation, que Péguy stigmatise l'essoufflement de l'esprit mystique ou que Benda fustige les faux clercs, chacun tente à sa façon d'éclairer le visage de la nation, mais sans parvenir à en épuiser le mystère. La plupart de nos difficultés remontent à la nuit des temps : le poids de l'État et de la fiscalité, le caractère figé des élites ou le déséquilibre des pouvoirs ont ainsi toujours été l'objet de critiques virulentes.

Les tragédies de notre histoire et notre goût

de la polémique pourraient faire croire que nous n'avons jamais été d'accord sur rien. De la Fronde à Mai 68 en passant par les chocs révolutionnaires et les coups d'État, notre passé témoigne d'une propension naturelle à la guerre civile et à la division. Un siècle a été nécessaire pour passer de la Révolution à la République, un autre pour trouver un équilibre satisfaisant entre la démocratie parlementaire et la primauté de l'exécutif. Encore cet équilibre demeure-t-il fragile, menacé à chaque tension par la tentation de bouleverser la Constitution. Tout au long de sa chevauchée, la France balance entre la table rase et le conservatisme, l'ordre et la révolution, la sacralité de l'individu et la religion de l'État, la sphère privée et l'horizon du collectif, la mentalité rebelle des Gaulois et l'ordre unitaire romain. Rien de surprenant donc à ce que, sous la plume des voyageurs étrangers, le Français soit présenté, selon les cas, comme soumis ou révolté, égoïste ou humaniste, lâche ou brave, passif ou débrouillard. Autant l'avouer d'emblée, même pour ses enfants, la France demeure une énigme insaisissable oscillant en permanence entre l'ambition universaliste et le repli sur soi, l'exploration hardie des temps futurs et les brumes de la nostalgie pour un passé jonché d'ors et de lauriers.

Il est vrai que notre album de famille offre une passionnante galerie de portraits et de faits illustres. Les figures de proue abondent, confortant notre conviction d'appartenir à une nation indomptable et farouche, rassemblant chefs de guerre, hommes d'État et écrivains universels. Chaque tribu peut y choisir un dieu tutélaire à adorer, prophète de l'intérêt général, défenseur du territoire ou chantre d'un idéal auquel il a voué son existence. De Charlemagne à de Gaulle, le guerrier législateur et bâtisseur occupe la première place au panthéon d'une mémoire qui chérit également les grands serviteurs de l'État, les héros sacrificiels, mais aussi les rebelles, politiques ou littéraires, immolant leur vie à leur œuvre dans l'espoir de servir de guide à la postérité. Notre histoire est ponctuée de moments dramatiques où nous sûmes nous élever au-dessus de nous-mêmes : Jeanne d'Arc saisissant le glaive d'un roi trop faible, pour « bouter l'Anglais hors de France », l'héroïsme de la vieille garde à Waterloo ou des poilus de Verdun, l'appel du général de Gaulle dressé seul ou presque contre le déshonneur. Comment ne pas être ébloui par ce génie national qui ne s'exprime jamais mieux qu'au bord du gouffre, par ce peuple rassemblé en temps de guerre, solidaire dans la crise, sublime dans son éternelle volonté de tendre la main aux damnés et aux proscrits ?

Pourtant notre nation connaît aussi ses éclipses. Pas de héros sans félon, pas de courage patriotique sans un cortège de lâchetés individuelles et de misères morales. Derrière un Roland soufflant dans l'oliphant jusqu'à se faire éclater les veines, combien de Ganelon ? La patrie de Jeanne est aussi celle de l'évêque Cauchon. Quand un hussard charge, sabre au clair, pour son Empereur, Talleyrand vend sa trahison au tsar Alexandre et Fouché conspire en faveur du retour des Bourbons. Combien d'abandons, combien de complots, combien de blessures mal cicatrisées dont témoignent les controverses récurrentes sur la Saint-Barthélemy, la Terreur et Vichy ? Le pays de la tolérance a été celui des massacres de Septembre, de la raison d'État et du totalitarisme de la vertu. Nous avons voulu la liberté et nous l'avons étouffée. Comment comprendre ces contradictions ? Sans doute faut-il descendre au plus profond dans l'exploration des replis de notre âme nationale et de ses noirs soleils.

Au cœur du mystère français gît un sentiment profond, irrationnel, irréductible aux statistiques mais pourtant presque palpable : la peur, qui court au long des siècles et confère au rapport entre le pouvoir et la société une large part de sa singularité.

C'est la peur qui a fait la monarchie absolue. Peur de l'invasion à laquelle la France est exposée par sa richesse naturelle et sa situation géographique. Peur de la mort, qui conduit l'homme vers le réconfort de la religion. À l'origine, le pouvoir s'incarne dans la figure conjointe du prêtre et du guerrier. La stratégie de la royauté tendra à réunir les deux « glaives », spirituel et temporel, dans la main du monarque de droit divin tel que l'exalte *La Politique tirée de l'Écri-*

ture sainte de Bossuet : une foi, un roi. Garant de la sécurité et de la continuité de la nation, son code d'honneur s'inspire de l'esprit chevaleresque et incarne un principe qui le dépasse : « Le roi est mort, vive le roi ! » Conquêtes et batailles se succèdent, qui renforcent encore son autorité. Il agrandit le territoire de la France, cultive l'esprit de sacrifice et de service. Du catholicisme, il retient le goût de l'universel, le sens du dévouement et la tradition scripturale. L'écriture du roi est un acte. Elle commande et soumet. Son dire devient édit. Le prince est un verbe de chair.

En conjurant la peur, la monarchie tombe dans le piège de la conservation. Altier et inaccessible, le roi s'emmure à Versailles et révoque en 1685 l'édit de Nantes qui garantissait la paix religieuse. Trois ans plus tard, l'Angleterre change de dynastie, inaugurant une nouvelle ère politique fondée sur l'équilibre des pouvoirs et le respect des droits individuels. La France se ferme à l'heure où l'Europe s'ouvre, dans le prolongement de la Renaissance et de la Réforme protestante. Déjà, la découverte du Nouveau Monde avait conduit à relativiser les vérités jusqu'alors tenues pour acquises, tandis que l'invention de l'imprimerie accélérait la circulation des idées. La « mondialisation » se met en route. Émergent alors, notamment chez les humanistes, les traits caractéristiques d'une nouvelle conscience européenne qui va s'épanouir entre 1630 et 1715 : passion de chercher et de découvrir, exigence critique et libre examen, rejet des dogmes et de la scolastique, affirmation orgueilleuse des hommes devenus, grâce à la science, « comme maîtres et possesseurs de la nature », selon la formule de Descartes. Ce nouvel esprit trouve son porte-parole avec l'Anglais John Locke qui récuse la thèse absolutiste de Hobbes – sous-tendue par une vision pessimiste de l'homme – pour défendre l'idée d'un pacte social dans lequel l'autorité repose sur le consentement, limitée par le droit naturel. Pour la première fois, le pouvoir est placé au service de l'homme et de ses droits.

Face à ce vent nouveau, la monarchie française se cabre et l'aristocratie se fige. Tandis que le tiers état poursuit son ascension dans l'appareil politique et administratif, la noblesse va d'un volet à l'autre du triptyque de la décadence dessiné par Chateaubriand : « L'âge des supériorités, l'âge des privilèges, l'âge des vanités : sortie du premier, elle dégénère dans le second et s'éteint dans le dernier. » Obsédée par la dérogeance, elle se coupe de plus en plus de l'économie et rate le virage de la révolution industrielle. Accrochée à son identité médiévale, l'impôt du sang, elle croit pouvoir justifier ses privilèges par sa vocation militaire alors que l'armée se professionnalise avec l'apparition de l'artillerie ; déjà la technique dicte ses lois. Les troubles des XVIe et XVIIe siècles témoignent du malaise d'une noblesse qui ne se résigne pas à n'avoir ni mission ni rôle dans l'État. En crise d'identité, elle va se jeter dans le piège de la

Cour, se scléroser dans l'étiquette, se renfermer sur elle-même, plonger dans les parchemins blasonnés des généalogies. Elle n'est plus que coquille vide, pantomime absurde dans une pièce qui se joue dorénavant sans elle. C'est au cœur de l'État que brille désormais la flamme. Là, le service du roi élève une nouvelle élite de ministres et de grands commis, à la charnière de la politique et de l'administration, tandis que le souverain écarte de son Conseil les princes du sang, les ducs et pairs et la haute aristocratie d'épée. Louis XIV, constate un Saint-Simon ivre de dégoût, « s'était accoutumé à remplir ces charges de gens de peu pour les chasser comme des valets, s'il lui en prenait envie [...]. Il n'aurait jamais fait un seigneur secrétaire d'État ». La noblesse n'est plus alors qu'une caricature de ce qu'elle avait voulu être : « Plus [elle] cesse d'être une aristocratie, constate Tocqueville, plus elle semble devenir une caste. » Incapable d'endiguer le pouvoir royal, elle suscite dans le peuple une détestation croissante, qui ne tardera pas à se muer en un rêve d'égalité.

L'alliance ancestrale scellée par la royauté avec le Tiers, qui lui a notamment permis de réduire la Fronde, va petit à petit se retourner contre elle au siècle des Lumières. Les philosophes, à la suite des libertins, concentrent d'abord leurs attaques sur la religion, sapant les fondements mêmes de la monarchie de droit divin, avant de fustiger les privilèges. Dans le roi, ils ne voient pas encore un ennemi, mais un « passeur ». Comme les physiocrates, ils croient longtemps au despotisme éclairé ou, à l'instar de Montesquieu, à des pouvoirs équilibrés, tel le parlementarisme à l'anglaise admiré par Voltaire. Leurs vrais adversaires sont les parlements, l'Église, la Cour, les trois citadelles du conservatisme. On feint de penser que, « si le roi savait », il aurait les moyens de réformer les « abus » : les cahiers de doléances de 1789 expriment encore cet espoir d'un souverain capable de tout sauver. Peine perdue : la royauté s'est déjà désolidarisée du royaume. Elle n'est pas simplement isolée de son peuple ; elle ne l'incarne plus. Rivarol et Mirabeau ont beau exhorter Louis XVI à prendre la tête du mouvement, à accomplir la « révolution royale », le monarque entend demeurer le dépositaire de l'héritage de ses pères.

La raideur de l'Ancien Régime le condamne donc à l'écroulement. On danse à l'intérieur de l'édifice, mais le cœur n'y est plus. En l'absence de réformes, l'inévitable s'accomplit : la France renverse l'ordre établi. La monarchie laisse pourtant un patrimoine que sauront faire fructifier ses successeurs : mépris de l'argent, code de l'honneur, esprit de conquête, verticalité d'un pouvoir qui conservera pour toujours l'aura dont l'ont revêtu les rois. Bâti sur l'ambiguïté entre volonté d'émancipation individuelle et haine des ordres privilégiés, l'élan de 1789 associe d'emblée libération et suspicion, idéal et violence, République et Terreur. Plutôt que d'emprunter la voie équilibrée de Montesquieu, la Révolution se tourne vers l'autre flambeau des Lumières, Rousseau, qui propose de démocratiser l'absolutisme en substituant la volonté de tous à la volonté d'un seul. Selon le *Contrat social*, la souveraineté « est indivisible ; car la volonté est générale ou elle ne l'est pas ». Par conséquent le pouvoir sera absolu, au risque de la surenchère, et donc d'un véritable despotisme démocratique qui s'autorise de la nouvelle légitimité populaire pour écraser ses opposants. La *Déclaration des droits de l'homme et du citoyen* énonce le nouveau dogme : « Le principe de toute souveraineté réside essentiellement dans la nation », incarnée par la Constituante, la Législative puis une Convention qui décapitera Louis XVI avant de se déchirer entre factions rivales.

Malgré la volonté affichée de séparation des pouvoirs, la proclamation de la souveraineté nationale implique la liquidation des corps intermédiaires. Or ces « canaux moyens où coule la puissance », selon la formule de Montesquieu, reliaient le pouvoir à la société. Avec la destruction de la noblesse, du clergé, de la magistrature, des corporations, des jurandes, des parlements locaux, des provinces, des patois, l'ordre ancien est renversé en quelques années. S'ouvre une nouvelle ère, sans tradition, sans lois fondamentales, sans franchises ni privilèges pour entraves ou garde-fous, avec la raison pour guide, l'ordre pour base et le progrès pour but. Plus de frein, plus d'obstacle sur sa route, la géniale invention de la souveraineté du peuple entraîne tout : qui oserait s'opposer aux représentants de la nation rassemblée ? Déchiré mais toujours désiré, le pouvoir se reconstruit de lui-même. La Terreur et la guerre ressuscitent la peur et par là même le Léviathan. De la Convention, l'autorité passe aux mains des douze membres du Comité de Salut public puis des cinq directeurs avant de renouer avec le schéma romain du triumvirat consulaire. Après Louis XVI, Robespierre l'Incorruptible, Barras le corrompu, voici Bonaparte le refondateur. Fils de la Révolution, le condottiere de l'Italie a tout de suite compris l'état d'esprit de la France nouvelle, soucieuse de conserver les acquis de la Révolution en les abritant derrière la figure familière de l'unicité du pouvoir. Par l'alchimie du plébiscite, de la garantie des biens nationaux et du Concordat, il établit une monarchie révolutionnaire, détourne les fureurs vers la conquête et flatte la passion égalitaire pour mieux étouffer la liberté. Désormais, l'État concentre une puissance dont la monarchie n'avait jamais osé rêver.

Voici donc les tréteaux dressés, le décor planté. Tocqueville a montré en quoi la pièce jouée en 1789 plagie celle que Richelieu puis Louis XIV avaient écrite. Les ruades de notre société suspicieuse, éruptive, laissent intact un étrange pacte qui réunit tout l'arc-en-ciel politique vers le toujours plus de pouvoir et de centralisation.

Derrière la valse des régimes, la donnée fondamentale du XIXe siècle reste l'absorption par l'État de la question sociale, progressivement placée au centre du débat politique. Bouleversé par l'insurrection de 1848, le pouvoir comprend qu'il ne peut rester indifférent à la division des classes et à la misère du peuple. Napoléon III, auteur méconnu d'un ouvrage sur *L'Extinction du paupérisme*, renforce le rôle social de l'État, accorde le droit de grève et tente d'éviter le piège de la conservation en libéralisant par petites touches l'Empire autoritaire. Avec un demi-siècle de retard, la France entre à pleines voiles dans la révolution industrielle, l'État s'attribuant un contrôle de plus en plus poussé sur les affaires de la cité et cantonnant le citoyen dans sa sphère privée. La précoce conquête du suffrage universel sert d'alibi à cette mise sous tutelle, tandis que le pouvoir renforce toujours son poids en jouant des divisions et des peurs nouvelles : division des partis qui entraîne une instabilité chronique dont profite la haute administration ; haine des notables, à laquelle répond la peur des « classes dangereuses », propulsant le Léviathan au rang de seul médiateur possible. Le pouvoir sait aussi mettre le rêve de son côté : il mise toujours sur la confiance dans le progrès et la raison, incarne la modernité dans les nouveaux idéaux de la Nation et de la République, favorise le mérite par la démocratisation du savoir, annoncée par Condorcet et mise en œuvre par les grandes lois scolaires de Guizot et Ferry. En l'espace d'un demi-siècle, l'État met la main sur l'instruction publique, enrôlant à son service les « hussards noirs » chers à Péguy. Pour mobiliser, il n'hésite pas à diaboliser – le cléricalisme servant de bouc émissaire jusqu'à la séparation de l'Église et de l'État.

Malgré la continuité de l'esprit de pouvoir, la Révolution, dans notre imaginaire politique, brille comme un mythe, un recommencement de l'histoire, moment exceptionnel où les Français, saisissant à bras-le-corps leur destin, culbutèrent la vieille monarchie dans les oubliettes avec la volonté d'ériger une nation nouvelle qui puisse bientôt illuminer le monde. Les hommes de 1789 avaient sous les yeux l'exemple américain. Mais, outre-Atlantique, les pères fondateurs pouvaient mettre un océan entre eux et l'ancienne puissance coloniale ; en France, la rupture ne pouvait être demandée qu'au temps. On voulut donc rompre avec le passé, en jetant à bas l'Ancien Régime pour tout rebâtir sur des bases nouvelles. Cette table rase, constamment brandie ou revendiquée pour rejeter les réformes, inaugure un long cycle de révolutions et de réactions. Hantée par la peur, la France s'abîme dans ses divisions, ne renversant un régime exténué que pour le remplacer par un nouveau qui, obsédé par la menace révolutionnaire, s'enferme dans le piège de la conservation avant de sombrer, emporté par la spirale de haines que son raidissement a provoquées. Cependant, l'histoire est un prophète de malheur à qui il faut parfois couper la langue ! Chaque époque porte un esprit particulier, et ce qui sied à l'une entrave l'autre : le grand chambardement de 1789 s'identifie à l'essence même de la modernité, laquelle se veut rejet des préjugés, de la tradition, du fanatisme, avec la raison éclairant une humanité joyeuse sur la voie du progrès. Goethe, l'esprit le plus clair de son temps, célèbre le nouvel âge qu'il voit s'ouvrir à Valmy : « De ce lieu et de ce jour commence une nouvelle époque de l'histoire du monde et vous pourrez dire que vous y étiez. » Aux yeux éblouis de Hegel, Napoléon à cheval apparaît comme « l'âme du monde » au lendemain de la bataille d'Iéna. L'avenir s'ouvre, lumineux, transparent, simple, à portée de main. Malgré le tumulte, les hommes ont renversé l'absolutisme d'une main décidée, remplis d'espoir et de confiance, du bonheur d'être de plain-pied avec le monde et de tutoyer l'histoire, d'aspirer à pleins poumons cette sérénité radieuse qui habite Kant : « Deux choses remplissent mon cœur d'une admiration et d'une vénération toujours nouvelles et toujours croissantes, à mesure que la réflexion s'y attache et s'y applique : le ciel étoilé au-dessus de moi et la loi morale en moi. » Sans Dieu ni maître, armé du seul principe de la raison universelle, l'homme est désormais capable de comprendre aussi bien la nature – le ciel étoilé – que l'éthique – la loi morale – et la société, comme le montrera Condorcet dans son *Esquisse d'un tableau historique des progrès de l'esprit humain*. Avec la Révolution française, l'homme des Lumières – cet homme majeur – triomphe de la tradition et accède au pouvoir ; la raison, sur laquelle Kant a reconstruit la morale, va donc désormais fonder la politique : on comprend alors pourquoi, ayant appris la nouvelle de la prise de la Bastille, le philosophe, en proie à une profonde émotion, changea le circuit immuable de sa promenade pour demander s'il était arrivé des nouvelles de France.

Pour les hommes de 1789, la question du meilleur gouvernement doit donc être posée et résolue comme un simple problème de mathématiques : Sieyès ne se proclame-t-il pas « ingénieur en constitution » ? N'affirme-t-il pas, en toute modestie : « La politique est une science que je crois avoir achevée » ? Le régime anglais, superposition empirique de pouvoirs et de contre-pouvoirs, n'inspire que mépris aux constituants révolutionnaires. Le moindre obstacle sur la route du pouvoir leur paraît pis qu'un crime de lèse-majesté : un crime contre l'esprit. Ils ne comprennent rien à la séparation des pouvoirs, qui est au droit public ce que le mystère de la Trinité est à la théologie. Ils n'y voient que perte de temps, d'efficacité et d'énergie. De la même manière, les Jacobins ne veulent pas entendre parler de décentralisation. Pourquoi dresser des pouvoirs locaux sur la route du pouvoir central ? Pourquoi multiplier les centres de décision entre les mains de notables suspects ? Si l'on concède qu'on n'administre bien que de près, les préfets, délégués du gouvernement dans les provinces, et les maires, longtemps nommés par le pouvoir, suffisent à cette tâche. Cette centralisation fait le lit de la personnalisation du pouvoir. L'attention continue de se focaliser sur le sommet plutôt que sur la base ; l'autorité doit venir d'en haut et la confiance d'en bas, comme l'a préconisé Sieyès.

Sous le microscope de la raison, l'équation constitutionnelle paraît simple : il suffit que la nation investisse, par l'élection, ses représentants et qu'ensuite ceux-ci décident sans contrainte. Le pouvoir peut alors légitimement s'exercer. Il n'est rien s'il n'est pas tout. Pourtant, à force d'excès, la souveraineté du peuple finit par se heurter au peuple lui-même : par épurations successives, l'Assemblée unique ne cesse de s'effondrer sur elle-même ; le Midi et la Vendée s'agitent, l'insurrection gronde ; l'Europe, loin de fraterniser avec la Révolution, se coalise contre elle. Le rêve se clôt en 1815 sur des images de cauchemar. En définitive, 1789 n'aura pas instauré le règne radieux de la raison et de la fraternité, mais aura surtout ouvert la boîte de Pandore des dissensions, des réactions et des passions. Trois d'entre elles vont embraser le XIXe siècle français : la Contre-Révolution, l'idée de nation et l'égalité. Dans ce triptyque, deux grandes absentes : la liberté et la fraternité.

Soutenue par les monarchies de l'Europe, l'émigration dresse deux France l'une contre l'autre dans un tir nourri d'excommunications réciproques. Désormais la nostalgie de la « douceur de vivre » s'oppose à la barbarie du présent, la tradition au progrès, l'ordre au mouvement, blancs contre bleus, calotins contre laïcards, royalistes contre républicains, drapeau blanc contre drapeau tricolore, légitimistes contre orléanistes : à l'âge de la raison, la vérité doit choisir son camp, dans le droit-fil d'un Voltaire qui invitait sans état d'âme à « écraser l'infâme » tout en prêchant la tolérance. La mort de Louis XVI, les colonnes infernales, le tribunal révolutionnaire et l'exécution du duc d'Enghien ont creusé un fossé de haine entre ces deux France. Cette confrontation a suscité une litanie de déchirements, de luttes fratricides, de révolutions, où la nation s'est épuisée dans ce que Heine a appelé « la querelle d'un fou avec un fantôme », cherchant l'impossible synthèse entre l'Ancien Régime et la Révolution. Il en sort un pays profondément divisé, strié de multiples fractures, couturé de douloureuses cicatrices.

La passion nationale, exacerbée par la conquête napoléonienne, comble l'absence de transcendance issue de l'effondrement du droit divin. Mobilisatrice, unitaire et rassurante, la nation reste une abstraction : c'est donc le pouvoir qui lui sert d'interprète comme jadis les sibylles faisaient parler les dieux. En son nom, il décide, impose, rassemble les énergies pour la guerre, demande des sacrifices, réclame des prérogatives et des moyens nouveaux, s'écrie avec la prophétesse antique : « Je vois des guerres, des guerres horribles. » Car une traînée de poudre et de sang court au long des siècles dans le sillon de notre histoire : guerres défensives ou de conquête, guerres glorieuses du Grand Siècle, guerres familiales ou en dentelle du siècle des Lumières, guerre idéologique de la Révolution, qui entend détruire l'Europe des rois et porter aux autres peuples les principes de 1789. Dans ces combats incessants, se forge l'amour de la patrie, terre vivante, terre charnelle, terre nourricière, douce France chérie, à protéger et à défendre, dépositaire de l'histoire commune. La démocratie n'a fait que renforcer cet élan : là où le sujet guerroyait pour un maître, le citoyen se bat pour des idéaux. L'universalisme des droits de l'homme démocratise l'honneur chevaleresque.

Mais c'est la passion de l'égalité qui suscite le plus l'enthousiasme. À travers elle, chacun entrevoit l'âge d'or d'une humanité fraternelle, sans ordres ni maîtres, sans privilèges ni passe-droits. L'utopie conduit pourtant à abaisser le haut plutôt qu'à élever le bas. La Terreur a justifié l'injustifiable au nom du bonheur en devenir, combinant l'amour de l'Homme et le mépris des humains. Afin de combattre la contagion, la tradition libérale française n'a cessé de prôner, depuis Benjamin Constant, une approche pragmatique qui n'exclut pas la générosité ; d'opposer à la société de castes la mobilité sociale fondée sur le mérite et la responsabilité ; de préférer à l'égalitarisme la religion des libertés : « Pour combattre les maux que l'égalité peut produire, affirmera inlassablement Tocqueville, il n'y a qu'un remède efficace, c'est la liberté politique. » Or la liberté est en péril lorsque le pouvoir ne rencontre devant lui « aucun obstacle qui puisse retenir sa marche et lui donner le temps de se modérer lui-même ». Des contre-pouvoirs politiques, judiciaires et culturels s'avèrent donc indispensables : la décentralisation confortée par une vie associative intense et libre forme le citoyen et l'intéresse à la vie nationale. Mais ce message, jugé trop intellectuel, ne rencontrera que peu ou pas d'écho, les Français se montrant toujours plus avides d'égalité que de liberté. La prophétie de Tocqueville est en passe de s'accomplir : « Les peuples démocratiques [...] veulent l'égalité dans la liberté, et, s'ils ne peuvent l'obtenir, ils la veulent encore dans l'esclavage. » La France écartera toujours le choix du libéralisme politique, celui du cœur, préférant chérir ses vieux démons : esprit de pouvoir, goût de la table rase, « tous ces tigres qui sans pitié déchirent le sein de leur mère » comme le chante *La Marseillaise*. Entre-temps, l'État omniprésent est devenu un État impotent. Si chacun le sait, personne n'ose en tirer les conséquences. Il en résulte une situation paradoxale dans laquelle la gauche, traditionnellement identifiée au mouvement, incarne aujourd'hui la conservation, tandis que la droite n'ose pas ébranler les colonnes du temple.

À l'image des sorcières de Macbeth, ces fantômes dansent autour du chaudron français ; il fume, bouillonne, explose mais, à chaque fois, la réponse reste la même : changer de décor, rebâtir la cathédrale institutionnelle. Dans des débats acharnés, chacun veut reconstruire la société sur des bases philosophiques issues de nouvelles croyances, réinventer des règles du jeu, trouver la pierre philosophale dans l'espoir de séduire l'opinion. Chacun veut surtout canaliser un peuple en crue, menaçant de sortir de son lit par de constants désordres hérités d'une Révolution qui semble vouée à ne se terminer jamais.

Aux antipodes du droit non écrit d'outre-Manche et de la religion du juge outre-Atlantique, où l'on préfère l'esprit des lois à la lettre des textes, la tradition française a gardé la prétention de tout dire et de tout prévoir. Le droit humain a remplacé le droit divin ou le droit naturel. À chaque fois les constituants, remettant sur le métier leur ouvrage, affichent l'ambition de redessiner l'avenir dans un code parfait, destiné à durer des siècles et qui n'a pas vocation à être amendé. Ils œuvrent pour l'éternité, en oubliant les exigences de l'heure. Aux premières difficultés, il faut donc briser le moule devenu obsolète par un coup de force et tout recommencer. Or les Constitutions les plus durables – celles des IIIe et Ve Républiques – sont aussi les plus souples. Nos Solon et nos Lycurgue ont négligé le fait que la pratique pouvait corriger la théorie.

Dans ce contexte, de la Révolution à l'instauration de la République, la logique de rejet joue à plein et renforce la radicalisation de notre vie politique : échec de la monarchie républicaine, avec l'abolition de la royauté en 1792 ; échec du régime d'assemblée, porté jusqu'en Thermidor par les Jacobins ; échec de l'exécutif collégial du Directoire, identifié à l'impuissance et à la corruption ; échec, avec la parenthèse de la IIe République conclue par le coup d'État du 2 décembre, de la concurrence entre deux pouvoirs élus, président de la République contre Chambre des députés ; échec aussi du principe monarchique par l'usure successive des trois grandes dynasties. La légitimité traditionnelle des Bourbons de la branche aînée s'effondre avec la révolution de 1830. À l'aube de la IIIe République, elle se voit offrir une seconde chance mais « Henri V », comme Charles X, refuse de négocier sur la question de la prérogative royale symbolisée par le drapeau blanc. Roi de France, il ne saurait déroger en devenant roi des Français. Comme le résume Charles de Rémusat dans une formule définitive : « C'est la légitimité qui a perdu la monarchie légitime. »

Les Orléans sont également repoussés en 1848, après avoir porté l'espoir des libéraux qui avaient parié sur le triomphe du modèle anglais et la substitution de la notion d'hérédité-arbitre à celle d'hérédité-pouvoir. Mais la synthèse espérée se révèle irréalisable. La branche cadette n'avait pour elle ni la tradition, comme la branche aînée, ni la gloire, comme Napoléon. En outre, elle ne s'appuyait que sur une classe – la bourgeoisie – et une construction trop intellectuelle – le système capacitaire cher à Guizot – incapable de soulever l'enthousiasme national. Le raidissement conservateur, en lieu et place de l'idéal émancipateur des Trois Glorieuses, explique à la fois la rapidité et la facilité de sa chute.

La dynastie napoléonienne s'est fracassée sur un autre écueil : l'Empereur, en s'ancrant dans le mouvement révolutionnaire dont il a consacré les conquêtes, avait cherché à fonder une nouvelle légitimité charismatique, mariant la forme monarchique à la souveraineté nationale. Le droit du peuple remplaçait le droit divin et la gloire militaire la tradition historique. C'était parier sur la guerre permanente, le conflit régénérateur, la plaie ouverte scellant l'unité de la Nation. L'aspiration à la paix et l'accumulation des défaites à partir de 1812 ne pouvaient qu'être fatales à l'Empire. Ce qui était né du glaive devait périr par le glaive. Aussi le régime ne put-il résister à la déroute militaire, en 1814 comme en 1815 ; celle-ci emportera également le Second Empire en 1870, même si ces échecs sanglants permettent à ses défenseurs de souligner que la « dynastie » ne fut jamais battue par les urnes. Au contraire : les plébiscites victorieux de 1815 et 1870 précèdent de quelques jours la défaite des armes, de sorte que le bonapartisme se réclame d'une assise populaire qui explique son influence durable sur nos institutions et le poids dont l'investit toujours la mémoire nationale.

Avec la IIIe République, s'ouvre une nouvelle période. Tous les acquis politiques se fédèrent : la Chambre des députés imaginée dès 1789, le bicamérisme introduit sous le Directoire, le ministère, invention anglaise adaptée au goût français sous les deux Restaurations, le suffrage universel adopté en 1848, la République installée subrepticement en 1870, consacrée en 1875 par le vote de l'amendement Wallon. Reste à résoudre une fois pour toutes le problème de la combinaison de ces pouvoirs, qui ne cessera d'être au cœur du débat républicain. Concises et relativement vagues, les nouvelles lois constitutionnelles fondent le plus durable de nos régimes, une République parlementaire reposant sur un pouvoir divisé en trois composantes inégales : un chef de l'État élu par le Parlement, lui-même composé de deux Chambres dont une seule est issue du suffrage universel direct. En principe relativement équilibré, le modèle bascule vers la primauté parlementaire avec le départ de Mac-Mahon à la suite de la crise du 16 mai 1877 et la renonciation de Jules Grévy à user du droit de dissolution. Commence alors une ère d'instabilité ministérielle chronique, qui masque cependant une grande stabilité du personnel politique. Dynamique dans sa période de fondation, cette République s'essouffle à l'aube du XXe siècle. Ayant réussi la transformation politique de l'État, elle bute sur la question sociale et peine à trouver un nouvel élan après avoir accompli la séparation de l'Église et de l'État. D'autant que l'affaire Dreyfus, qui avait à nouveau coupé la France en deux, plaçait le régime sous la menace conjointe de la contre-révolution, ressourcée par Maurras, et de la gauche révolutionnaire. Si les signes de décadence ont pu être dissimulés par le sursaut collectif de la Première Guerre mondiale, ils deviennent flagrants durant l'entre-deux-guerres, nourrissant l'esprit de réforme des années trente qui, à l'exception notable de la menace extérieure, présente une réelle similitude avec la période actuelle : crise politique, économique et sociale, montée des extrémismes, antiparlementarisme et multiplication des scandales.

Née d'un compromis sans âme entre les partis, la IVe République ne parvient pas à enrayer la dérive : une vingtaine de gouvernements se succèdent en douze ans. La constitution de ces majorités d'idées chères à Edgar Faure porte au pouvoir un ministère censé résoudre un seul problème à la fois, et le renverse une fois la solution apportée, dans le meilleur des cas. La déception est vive pour la génération marquée par l'esprit solidaire de la Résistance qui a inspiré les réformes majeures de 1945. Après le départ de Charles de Gaulle en janvier 1946, la politique politicienne retombe dans les ornières de la IIIe République. Le contraste est d'autant plus choquant que la guerre d'Indochine puis celle d'Algérie réclament un pilotage ferme que l'instabilité chronique rend impossible. La République parlementaire, perturbée par le rôle central des petites formations que favorise le scrutin à la proportionnelle, échappe au peuple pour devenir l'instrument de l'oligarchie partisane et de la haute fonction publique. Comme sous la Première République, le détournement de la démocratie, l'impossible second souffle idéologique et la contestation du régime par les extrêmes conduisent à rechercher un sauveur. À nouveau, le spectre de la guerre civile va servir de catalyseur.

En plébiscitant, en 1958, le retour du général de Gaulle, la France exprime sa volonté de voir un responsable clairement identifié tenir les rênes de l'État. Le pays réel marque fermement son souhait de sortir des jeux d'intrigues et d'être régulièrement associé à la gestion de sa vie quotidienne. A-t-il aussi conscience qu'il réalise pour la première fois la fusion entre le pouvoir charismatique et la légitimité démocratique ? Le triomphe de 1958 fonde le régime sous la double investiture de la légalité parlementaire et du suffrage universel. Hantée par les fantômes de Brumaire, du 2 décembre et du 16 mai, l'idée républicaine se réconcilie enfin avec la nécessaire prééminence du premier des Français, devenu le premier en France, comme le soulignera le Président René Coty. Fidèle aux conceptions développées dans son discours de Bayeux du 16 juin 1946, de Gaulle instaure une monarchie républicaine, couronnée par la réforme essentielle de 1962 qui institue l'élection directe du Président par le peuple.

Après le fait majoritaire, l'« enfant trouvé » du régime, selon le mot de Michel Debré, la Ve République a récemment donné naissance à la cohabitation. Celle-ci pose le problème, inédit, d'un désaccord au sein même de l'exécutif, bien que chacun de ses pôles soit, à sa façon, couronné et légitime. La direction imprimée par le premier n'est pas mise en application par le second, comme si le pilote d'un navire ignorait les ordres du capitaine. Alors que toutes les forces de l'État devraient se rassembler pour surmonter les difficultés du pays, elles se divisent, s'épient, voire se font obstacle. La logique du compromis qui en découle affaiblit la décision, crée l'illusion d'un estompement du clivage droite-gauche et favorise la diabolisation du système par des extrémistes en constante ascension. La bataille du quotidien empêche de tracer les indispensables perspectives à long terme. L'efficacité est privée de sens et la gestion, quand bien même elle serait correcte et habile, ne peut plus conduire nulle part, faute de ligne cohérente au sommet. Cette situation se révèle d'autant plus nocive qu'elle anéantit le principal atout de la Constitution de la Ve République, qui réside dans le bicéphalisme de l'exécutif combiné à l'élection populaire du président de la République : au chef de l'État le soin de fixer le cap, au Premier ministre le devoir de diriger le gouvernement et l'administration, et de maintenir l'harmonie au sein de sa majorité. La cohabitation enferme chacun de ses acteurs dans son rôle, mais en lui interdisant de l'assumer pleinement, alors même que l'urgence du moment commande d'embrasser résolument le parti du mouvement. Exutoire commode, elle dilue la responsabilité, retarde la réforme et polarise notre vie politique autour d'un affrontement de personnes qui fait oublier les véritables enjeux.

Faut-il voir dans cette configuration politique, imprévue mais réitérée, le signal d'une profonde crise de légitimité de notre modèle politique ? Le droit de vote n'est plus véritablement une délégation de confiance adressée à un homme et à une majorité pour agir ; il s'apparente davantage à un droit de veto, à une épée de Damoclès suspendue au-dessus d'un programme et d'une action. Depuis 1986, une certaine instabilité est de retour. Le principe gaulliste d'une harmonie entre la majorité et la dyarchie au pouvoir n'est plus la norme. Il offrait pourtant au gouvernement le temps nécessaire pour mettre en œuvre une politique et en recueillir les fruits. Condamnés à réussir dans l'urgence, les gouvernants ne bénéficient même plus de l'état de grâce. Peu ou mal informé, exaspéré par ses élus, veuf de sens et déçu par l'alternance, le citoyen plébiscite la sanction quand il n'opte pas pour la démission dans l'abstention. Dans la crise de légitimité qui frappe le pouvoir, se révèlent les trois principales apories de la démocratie française.

Première aporie, celle d'une démocratie sans peuple. Comment assurer la représentation politique d'individus de plus en plus divers, qu'aucun idéal ne parvient plus à rassembler ? L'exaltation du suffrage universel comme source exclusive de la souveraineté, la proclamation d'une République une et indivisible, le dogme de la souveraineté nationale ont longtemps résolu cette équation en substituant au peuple réel un peuple théorique et en interdisant le doute sur l'adéquation de l'un à l'autre. Ce qui était un est désormais épars, pour ne pas dire éclaté. Un nombre croissant de Français refusent de choisir entre les forces politiques qui s'inscrivent dans le jeu de la démocratie parlementaire, où ils estiment ne plus se reconnaître. La marée montante de la contestation, exprimée par l'abstention, le vote blanc ou protestataire, brouille la signification de l'élection. À peine acquise, la légitimité de plus en plus incertaine que celle-ci confère est remise en cause par la contre-épreuve hebdomadaire des sondages, qui rétrécit le temps politique au gré de l'inflexion des courbes de popularité.

Deuxième aporie, celle d'une pratique démocratique limitée au rituel de l'élection. Depuis la Révolution, la France a systématiquement étouffé la démocratie locale et, plus généralement, l'échelon micro-politique où s'effectue pourtant l'apprentissage de la démocratie vivante. Collectivités, groupements, associations de toute nature – politiques, sociales, économiques, corporatives, culturelles, religieuses – ont une fonction, essentielle mais constamment négligée, de clarification, d'information, d'expression, voire d'exutoire, indispensable à la formation de l'opinion et à la préparation des décisions collectives. C'est par leur agrégation progressive que se construit une volonté générale capable d'exprimer et d'incarner la diversité. Mais, en France, ces processus ont souvent été pervertis par le jeu de minorités constituées en réduits idéologiques, écoles de l'embrigadement, du préjugé ou de la manipulation. Depuis les origines, les orphelins de l'esprit de pouvoir sont l'individu, la société civile et les contre-pouvoirs. Tous les régimes ont buté sur l'irrigation du haut par le bas et sur les carences de l'organisation de la société ; d'âge en âge, la capacité à entreprendre et à réformer en a été constamment entravée.

Troisième et dernière aporie : la guerre des légitimités entre législatif et exécutif. Ce problème, longtemps résolu par l'étroite subordination du second au premier, dans le cadre du parlementarisme absolu des IIIe et IVe Républiques, demeure la question cruciale de toute démocratie. Les Anglais ont décapité un roi, Charles Ier, parce qu'ils ne voyaient pas comment dénouer le bras de fer entre le souverain catholique et le Parlement à majorité puritaine autrement que par l'élimination de l'un des deux pouvoirs par l'autre. Un siècle et demi plus tard, l'invention du parlementarisme tranchait, par le mécanisme de la responsabilité ministérielle, la rivalité des légitimités respectivement incarnées par le monarque et par la chambre basse. En France, depuis la réforme de 1962, le régime constitutionnel fait coexister deux légitimités concurrentes car elles procèdent toutes deux du peuple. Naguère occulté par le fait majoritaire, le risque de conflit s'est révélé depuis 1986 avec des cohabitations qui brouillent l'esprit des institutions.

Que faire aujourd'hui ? La question est d'autant plus pressante que le XXe siècle a vu s'effriter un à un les mythes fondateurs qui cimentaient l'unité du pays : le patriotisme s'est noyé dans un flot de sang en 14-18, la République a subi la flétrissure de Vichy, enfin la nation affronte aujourd'hui l'épreuve de l'impuissance devant la mondialisation marchande. Dans le nouveau monde qui s'est dessiné après 1945, dominé par l'affrontement de deux blocs, notre pays a eu peine à trouver sa place. Après la chute du communisme, la domination sans partage de l'Amérique n'a fait qu'accroître son malaise : mobilité, libéralisation, décloisonnement, désétatisation, initiative sont les maîtres mots de l'époque. Autant de valeurs qui prennent la France à contre-pied. Alors que le pouvoir s'était armé pour livrer tous les combats, le voici marginalisé dans la nouvelle compétition mondiale. Comme l'avait prophétisé Benjamin Constant en 1814, « nous sommes arrivés à l'époque du commerce, époque qui doit nécessairement remplacer celle de la guerre, comme celle de la guerre a dû nécessairement la précéder ». Sur ces nouveaux tréteaux universels, ce n'est plus le pouvoir qui tient le premier rôle mais le marché. La société française demeure « hexagonale », complexée, démotivée ; elle manque de la vitalité, des réflexes et des ambitions qu'appelle le mouvement du monde. Elle a été façonnée pour porter le pouvoir et non pour se porter elle-même. Voici donc la France réduite à pagayer à contre-courant, dépensant de plus en plus d'énergie pour avancer de moins en moins vite, sous les orages qui se lèvent et les lames qui déferlent, tandis que les grains déchirent le pavillon fièrement hissé d'une exception française qui ne cesse de perdre de sa substance. Une nouvelle fois, la peur inspire le désir de conservation au lieu de susciter le mouvement.

Face aux périls, la gauche en appelle à l'interventionnisme, l'extension du secteur public et l'augmentation du nombre des fonctionnaires. Solidement ancrée dans le dogmatisme, elle n'a jamais véritablement franchi le Rubicon social-démocrate. Contrairement aux travaillistes britanniques ou aux sociaux-démocrates allemands, elle se cramponne à l'idée du tout-État salvateur, de l'argent corrupteur et de la diabolisation du profit, désigne la réussite à la vindicte et, sous le masque de la compassion, fait prospérer la bureaucratie. Le mépris ancestral du commerce et de l'argent continue à provoquer une exclusion à rebours, contraire au sens commun. Cet enfermement dans l'idéologie s'explique pour beaucoup par le complexe du socialisme envers une gauche révolutionnaire dénonçant dans le ralliement jaurésien à la République un reniement et une traîtrise. La Révolution a certes donné naissance à deux courants de pensée politique opposés, dont l'un trouve son chemin à travers les voix fortes de Marx, Engels puis Lénine, jusqu'aux exégètes contemporains comme Althusser et autres Bourdieu. Cette branche a façonné à son école toute une partie de nos élites. Mais la fécondité de ces idées s'est brisée sur le mur du réel : la révolution s'est faite barbarie en Union soviétique et dans ses satellites comme l'a révélé Soljenitsyne. Pourtant, en France, la flamme de ce courant révolutionnaire est restée vivante dans la nébuleuse dite d'extrême gauche. De ces contradictions, on trouve encore la preuve dans la radicalité du programme commun, la politique économique suivie entre 1981 et 1983 ou le dirigisme dont témoignent les modalités de mise en œuvre des trente-cinq heures. Ce type de politique produit de nombreux effets pervers, à commencer par la fuite des cerveaux et des capitaux vers des contrées plus accueillantes au succès.

À rebours de ces archaïsmes le général de Gaulle avait choisi la voie de l'adaptation permanente à la modernité. Il avait voulu répondre à l'accélération du temps, à l'ère de l'avion, de l'espace, de la télévision, des réseaux et de l'internationalisation des échanges. Le gaullisme au pouvoir privilégie l'anticipation, refusant l'idéologie et les faux-semblants tout en restant ferme sur les principes : la modernisation de l'économie, la construction européenne, la libération des énergies et l'égalité des chances. Son action, commandée par les réalités, a toujours visé à mettre en avant l'intérêt général. L'homme qui a renforcé le Plan et accru le poids de l'État est aussi celui qui a voulu réussir la décentralisation en 1969. Parce que patriote, il a fait l'Europe sans jamais lui sacrifier les intérêts fondamentaux de la France. Ce pragmatisme inspiré et volontaire reste le plus conforme aux temps mouvants qui sont les nôtres, au-delà des dogmatismes qui brisent l'esprit d'entreprise et entravent la croissance.

Après s'être appuyée essentiellement sur l'État pour réformer, la droite a certes parfois du mal à sortir de l'ambiguïté, redoutant de passer pour libérale, suiveuse attardée des libéraux anglo-saxons. Elle aussi demeure tétanisée par la diabolisation de l'argent et le procès en conservatisme que la gauche n'a cessé de lui faire. Aussi peine-t-elle à définir un projet porteur de souffle et à réaliser une synthèse entre ses trois familles, gaulliste, libérale et chrétienne-démocrate.

D'un bord à l'autre, la classe politique tend donc à s'enraciner dans un non-choix qui nourrit le désintérêt explosif des citoyens. Elle paie désormais au prix fort un pouvoir tentaculaire et une société sous tutelle qui ne résout ses problèmes que par le truchement d'un État qu'elle affecte de croire providentiel ; une démocratie réduite aux acquis, des droits sans devoirs, un pouvoir sans citoyens ! Paralysée par ses nostalgies, ses dégoûts et ses peurs, esseulée, impuissante à discerner les amalgames et les faux-semblants, saura-t-elle résister au vertige du présent ?

2

Le vertige du présent

Le 11 septembre dernier, en frappant New York, le terrorisme a mutilé le plus orgueilleux paysage du monde. L'horreur dépassait les pires fictions. Mais très vite des images sur internet tentaient de remettre en question la réalité des attentats. Pour des milliers de spectateurs qui ont suivi la tragédie à distance, sur les écrans des télévisions, une image chasse l'autre, la réalité même vacille et se dérobe. Le rêve et le cauchemar ont cessé de se calfeutrer derrière « ces portes d'ivoire ou de corne qui nous séparent du monde invisible » dont parle Nerval. Ils se mêlent désormais au réel comme ces palais enchantés de l'Orient qui apparaissent par éclipses dans le désert et troublent les sens des égarés.

Jadis, ce réel nous était donné avec toute une épaisseur de gestes anciens, de sensations séculaires, de traditions vénérables qui constituaient parfois un carcan mais fournissaient aussi des guides et des points d'appui à chaque instant de la vie. Au moindre de nos mouvements, il opposait une résistance sensible qui attestait sa présence ; le temps s'écoulait lentement, ponctué de rythmes signifiants, alternance du jour et de la nuit, succession des saisons au long de l'année, litanie des fêtes religieuses ou civiles ; l'espace érigeait des barrières, des cloisons ; souvent on ne quittait guère son village, et aller au bourg voisin le jour du marché passait déjà pour une expédition. Aujourd'hui, la réalité est comme volatilisée ; telle une fumée légère, elle cède à tous nos désirs, par la médiation d'une technique dominatrice qui abolit l'espace et le temps ; lorsqu'elle résiste à notre volonté, celle-ci fait surgir en un instant l'illusion parfaite de mondes virtuels. Le brouillard qui enveloppe les frontières du réel estompe également nos repères. Notre planète, devenue parfaitement plastique, mobile, fluide, semble ne plus avoir de lois.

Apeuré, hésitant, lancé à grande vitesse dans les nouveaux jeux du monde, l'homme retient son souffle au vertige des machines, du transsibérien ou de la grande roue. Monde qui à travers les épreuves garde « du rouge aux lèvres, et des dentelles au cul », comme le clame Cendrars ; monde provocant de la consommation, du dérisoire, de l'éphémère, où le sens et les idéaux brûlent au bûcher des vanités ; monde où planent à nouveau les terreurs d'autrefois, les guerres, les épidémies, l'Apocalypse, les rauques aboiements de Cerbère, le rugissement des Furies que nul Orphée ne sait plus charmer. Temps des systèmes après le temps de l'homme ; de la reproduction après la création. Temps des présents successifs, temps des insomnies qui effacent la trilogie ancienne du passé-présent-avenir. Espaces intermédiaires, démultipliés, délocalisés ; images fractionnées, décomposées comme les bolides de Marinetti. « Comment lutter, nous dont les armes sont invisibles ? » s'écrie le poète Salah Stétié.

Quel contraste entre cet homme apeuré, recroquevillé, désenchanté, et la vitalité et l'énergie qui fusent, entre ces ruines fumantes, ces arcs brisés et ces ponts qui s'élancent entre siècles, disciplines et continents, ces comètes au ciel de l'intelligence, fanaux clignotants sur les écrans qui s'allument ou s'éteignent ! Pris entre vertige et élan, entre foule et solitude, « entre centre et absence », soumis à l'effilochage, au décloisonnement, en même temps qu'à l'engrenage d'un nouveau maillage. D'un côté des connaissances toujours plus vastes, une science consolidée, un savoir encyclopédique, l'information immédiate, l'image omniprésente ; de l'autre une morale en capilotade, une éthique sans aura, un sens qui se dérobe. À la charnière de deux époques, à l'envol d'un nouveau monde, jalons anciens effacés, boussoles et horloges brisées, autels désertés, l'absurde nous étreint comme lors de toutes les grandes ruptures, effondrement des empires ou dernière aurore avant la Renaissance.

Dans ce basculement, l'homme sent monter en lui cette angoisse sourde qu'exprime Henri Michaux, en proie au vertige des gouffres intérieurs d'où s'est retirée toute transcendance : « Autrefois, quand la Terre était solide, je dansais, j'avais confiance. À présent, comment serait-ce possible ? On détache un grain de sable et toute la plage s'effondre, tu sais bien. » Ces sensations sont décuplées pour nous qui, depuis toujours, avons entretenu avec la réalité de notre pays, de ses paysages infiniment variés, de sa lumière changeante, de ses territoires si divers, un attachement presque charnel, un lien sensuel qui ancre chacun de nous dans la profondeur d'un terroir.

Pour la première fois depuis la guerre, les Français craignent de vivre moins heureux dans les prochaines années et n'excluent pas le pire pour leurs enfants. Comment n'auraient-ils pas la tentation de se réfugier dans la conservation ? Surtout ne toucher à rien, de peur de voir le sol s'effondrer sous leurs pieds ; squatter une France chaque jour plus fourbue. Mais devons-nous nous satisfaire de l'herbe maigre de notre pré en regardant passer les derniers trains de l'histoire ? Autour de nous, les appétits s'aiguisent, on s'affaire au milieu de terres en friche, de bâtiments à vendre, d'entreprises qui passent de main en main et de sièges sociaux qui filent de Londres aux Bahamas. À l'étranger, certains, narquois, parlent de faire de la France un musée, un cabaret, un parc de loisirs au cœur de l'Europe, où l'on viendrait rire et chanter, s'encanailler aux Folies-Bergère ou au Lido... Petites femmes de Paris, cher pays de mon enfance, heureux temps de la douceur de vivre ! Mais cette France-là ne serait douce que pour le riche Brésilien de *La Vie parisienne*.

Dans toute nuit, néanmoins, luit une étoile car enfin se dégage un consensus sur les défis à relever ; emploi, sécurité, éducation : c'est autour de ce triptyque que tend à se recomposer la politique. Il n'est plus possible, comme jadis pour les questions religieuses, scolaires ou nationales, de chercher des réponses dans l'idéologie. La mise en scène de l'affrontement a cessé d'amuser des Français qui refusent de plus en plus les dogmes et veulent des résultats concrets après un quart de siècle de désillusions. Ce pragmatisme naissant, qui suppose que l'on s'écarte des voies du désespoir, déjoue la fatalité du déclin. Il permet d'imaginer des solutions pratiques, en réhabilitant la conviction, la volonté et surtout l'efficacité.

Le choix de la vérité s'impose de lui-même. Mais à quel niveau situer l'horizon de l'ambition ? Faut-il se résigner à une savante gestion des divisions et des querelles, un clan contre un autre, une France contre l'autre, ou le sursaut conduira-t-il à oser la conjugaison de toutes les énergies, même si elle ne s'est jusqu'alors réalisée que sous la menace de l'invasion ou dans l'élan de la victoire ? Loin d'avoir cessé de croire à la politique, les Français ne rêvent-ils pas de la restauration d'un grand dessein collectif pour sortir le pays de l'ornière en unissant leurs efforts autour de valeurs fortes susceptibles de les rassembler ?

Cet impératif de vérité trouble pourtant nombre de dirigeants car, derrière l'exigence de la responsabilité qui s'impose à eux, ils croient distinguer la sanction qui se fait plus vive et plus rapide, plus dure aussi, injuste même souvent. La politique « n'est pas le monde du pardon », et son théâtre de la cruauté s'exerce en particulier à l'égard des réformateurs. Dans l'instant, Turgot, Napoléon, de Gaulle ne sont pas compris, mais leur sacrifice n'est pas vain : Turgot, même écarté, reste la référence de l'esprit de réforme ; le Napoléon des Cent-Jours annonce le libéralisme qui tarde à venir ; de Gaulle en 1969 montre les voies du futur à une société qui s'éveille. Les combats solitaires d'hier sont les évidences de demain. C'est par les chemins écartés ou souterrains que surgissent les nouvelles promesses, appelées à devenir les nouveaux repères.

Est-ce le citoyen qui change ? Est-ce l'essence même de la vie démocratique qui se trouve transformée ? Bien des réponses apportées aujourd'hui, d'aveux en repentances, traduisent davantage le souci de ne point se couper d'une opinion indocile que d'une véritable illumination intérieure. Jadis vigie, l'élu est descendu de la hune et, sur le pont battu par les lames, se débat au milieu de ses contemporains. Chemin de croix ou chemin de Damas ? Il assiste avec eux à un spectacle dont il s'était cru l'ordonnateur, s'épuisant à comprendre ce qu'il aurait dû prévoir. Derrière la blessure, derrière les boucs émissaires, chacun saisit bien que le temps est venu des examens de conscience, en dépit des raidissements de quelques nostalgiques ou des calculs des cyniques. Chacun découvre qu'il est temps de renouer avec ses racines pour imaginer un avenir commun. Le temps du serrement de main est venu pour de nouveaux serments.

Quelle meilleure, quelle plus noble, quelle plus glorieuse tâche que celle qui consiste à retisser les fils de la mémoire, de la volonté, de la tolérance, de l'énergie, pour réapprendre à vivre ensemble ? Qu'importent les blessures de l'histoire quand, debout, Jeanne d'Arc, Henri IV, Napoléon, Gambetta, Clemenceau, de Gaulle parlent d'une même voix à un peuple fier de son passé, rassemblé par ses valeurs et son ambition. Comment ne pas croire en la France de La Fontaine, Molière, Racine, Voltaire, Montesquieu, Tocqueville, Chateaubriand, Baudelaire, Hugo, Camus, illustrations, entre mille, du génie français ? Au-delà de la détresse de ses héros ou de ses saints, laïcs ou religieux, au-delà du sacrifice, il y a toujours cette vérité finale qui transfigure le destin.

À ce visage de lumière, répond un visage d'ombre qu'il faut aussi savoir regarder en face. Dans le souvenir des drames de notre histoire, de la Saint-Barthélemy au Vél' d'Hiv, des dragonnades à la guerre d'Algérie, à nous de puiser sans tartufferie l'énergie du dépassement, au lieu de n'y lire que la confirmation d'un manichéisme simplificateur. À nous de savoir, pour cela, nous faire un allié du temps qui émousse les passions et permet la réconciliation, sans dissimulation ou caricature. Notre histoire, tel un palimpseste, s'écrit aussi sur le corps d'une nation cousue de cicatrices. Notre passé reste notre boussole dans l'océan de l'inconnu ; c'est dans son sillage que nous formons une nation vivante. Grâce à la richesse de cet héritage, nous trouverons la force d'avancer encore hardiment, au lieu de nous inquiéter à chaque pas de ne point trébucher.

Tout au long du XXe siècle, la France a été secouée de convulsions, guerres mondiales ou coloniales, crises sociales, économiques ou politiques, pays déchiré, ébranlé, fracturé, profondément divisé, incapable de stabilité. À chaque fois le sursaut paraît plus difficile, l'éclaircie plus fugace. Le champ de la volonté politique se rétrécit. Les hommes semblent moins grands, les ambitions plus étriquées. L'avenir de la France ne se joue-t-il pas moins dans les palais de la République qu'à la nouvelle corbeille des salles de marché internationales ? Quelle politique rétablira le sens de notre destin et la dignité du pouvoir ?

Au sortir de la guerre, les Trente Glorieuses, moment de croissance économique, de renouveau démographique, de progrès scientifiques et techniques, ne se réduisent pas à la seule conjonction favorable des facteurs matériels, mais doivent beaucoup au retour de la confiance en l'avenir, suscitant un puissant désir d'ascension sociale. Cet élan s'incarne dans un nouveau projet politique et une vision rénovée de la France dans le monde, portés par le retour du général de Gaulle en 1958. Mais le ressort reste fragile et se brise, usé de maux chroniques et de crises aiguës. Dès 1968 en effet, l'harmonie retrouvée se fissure en révélant le décalage entre les valeurs traditionnelles issues du XIXe siècle et celles que fait confusément émerger la nouvelle donne économique et sociale. S'y superpose l'éternel divorce des générations entre les « anciens », hantés par la guerre, et les « modernes », avides de secouer le carcan d'une société jugée oppressive et oppressante. Devant cette fracture inattendue, le désarroi du pouvoir est symboliquement attesté par l'éclipse volontaire du général de Gaulle à Baden-Baden. Le chef historique comprend que les temps ont changé : comme Napoléon Ier en 1815 ou Napoléon III en 1870, le Président réputé à tort conservateur accélère alors la politique de réforme audacieuse qu'il a inaugurée par la participation. Mais blessé par l'émeute, sans illusions sur son « cher et vieux pays », il déçoit sa majorité sans parvenir à rallier de nouveaux soutiens. Ses adversaires refusent de croire à la sincérité de sa conversion et le soupçonnent de ne chercher qu'à se maintenir. Après l'échec d'un référendum trop novateur, le connétable jette le gant et quitte la scène pour noyer son amertume dans la rédaction de ses *Mémoires d'espoir*.

Avec son projet de « nouvelle société », Jacques Chaban-Delmas s'efforce à son tour de réconcilier les deux visages de la France en profitant d'une conjoncture dopée par l'ouverture sur le monde industrialisé, bénéficiant du taux de croissance industrielle le plus élevé d'Europe, d'une augmentation spectaculaire du niveau de vie, de l'entrée massive dans la société de consommation et d'une plus grande fluidité sociale. Même s'il n'avait pas été écarté du pouvoir, son projet aurait achoppé sur le choc pétrolier de 1973 qui marque l'entrée dans une crise économique durable. Durant ces années difficiles, le pays est marqué au fer rouge par la perte de confiance, l'obsession du chômage, la crainte de la récession, la conviction du blocage dans une société vieillissante où l'immigration est de plus en plus perçue comme un fardeau. La France se crispe, se cramponne à ses acquis sociaux, s'abandonne à la démagogie, toujours prête à entrer en éruption lorsqu'elle redoute qu'on lui réclame des sacrifices. Le pouvoir essaie successivement toutes les solutions traditionnelles, tandis que les choix ne cessent de se réduire. Une ère de glaciation saisit la politique française tandis qu'à l'Ouest se lève le soleil pâle et froid de la mondialisation.

À chaque rendez-vous électoral s'accroît le sentiment d'un affadissement des enjeux, d'une absence de marges de manœuvre. En dépit des changements promis la continuité ne finit-elle pas toujours par l'emporter ? Du romantisme, avec ses révoltes prométhéennes et sa passion de refaire le monde, la politique tombe dans la communication, l'apparence maîtrisée, l'image souveraine ou subliminale pour gage de succès. Le désir d'une autre politique et la croyance en des lendemains qui chantent se conjuguent encore pour permettre la victoire de la gauche en 1981, mais l'expérience, comme celle du Cartel des gauches ou du Front populaire, ne tarde pas à se briser sur le mur de la réalité ; le ralliement des socialistes à l'économie de marché en 1983 enterre l'espoir d'une troisième voie. En 1986-1988, une autre tentative, d'inspiration libérale, s'essouffle dans la rue avant de buter sur le krach boursier et de sombrer dans les urnes. Toute volonté politique serait-elle donc vouée à l'échec ? Fatalisme, frustration, méfiance et impatience composent un syndrome de rejet qu'attestent le climat délétère produit par la multiplication des « affaires », la montée du vote-sanction et de l'abstention. Cette crise politique, qui n'a cessé de s'aggraver, débouche sur une profonde crise morale. Elle creuse un abîme entre le peuple et le pouvoir, et elle les installe dans un funeste face-à-face. Bien loin d'être encore capable de conjurer les peurs de la nation, c'est le pouvoir qui, désormais, paraît saisi par la peur ; reposant sur une légitimité de plus en plus chancelante, il redoute d'agir, craignant de provoquer, par des réformes trop audacieuses, l'embrasement qui l'emportera. Cet immobilisme avive l'exaspération des citoyens qui, à chaque échéance électorale, prend un tour plus inquiétant.

Déçus, nombre d'hommes et de femmes succombent désormais à la tentation du repli sur soi. Le manque d'imagination et de projet a érodé les grands élans. La Première Guerre mondiale avait marqué l'apogée du sentiment national, poussé jusqu'au sacrifice total ; le sursaut de 1940, au contraire, ne sera le fait que d'une vaillante minorité ; la décolonisation suscitera en métropole l'indifférence ou la lassitude. Les congés payés, institués en 1936 par le gouvernement du Front populaire, marquent l'envol d'une véritable civilisation des loisirs qui fait ressortir le caractère souvent aliénant du salariat, d'autant que l'entreprise continue de cultiver la verticalité et la sanctification du diplôme au moment même où ces valeurs sont de plus en plus vivement contestées. L'horizon s'en trouve bouleversé. Le rejet du passé engendre l'incertitude du présent et l'angoisse de l'avenir. Le temps des dogmes collectifs, des pensées à système et des embrigadements disparaît à son tour. Plus de croisades ni même de subversion, dans un monde revenu de tout. S'abandonnant à son intérêt, le citoyen, oublieux de la société et des devoirs qui sont les siens, devient l'enfant unique d'une démocratie d'individus.

Comment la France ne s'inquiéterait-elle pas aujourd'hui de la mondialisation, dernier avatar de la figure éternelle du bouc émissaire qui dans l'Ancien Testament emporte au désert tous les péchés d'Israël ? Sous l'effet conjugué de la double révolution technologique de l'information et de la communication, elle bouleverse les flux d'investissements et de capitaux, les règles du jeu économique et social, introduisant à la fois simplification et complexité, unité et diversité, ordre et confusion, multipliant les paradoxes. Notre perception du monde change et se déforme, le temps s'accélère et se dramatise tandis que l'espace paraît se rétrécir. L'information surabonde, mais les cadres traditionnels du sens se disloquent. L'homme se sent étreint par la crainte de ne plus rien comprendre, alors qu'il peut tout connaître, de maîtriser de moins en moins ses propres créations, alors même que celles-ci lui donnent sur la nature une emprise toujours plus forte. Longtemps entravée par les frontières des États-nations et l'intervention des pouvoirs publics, la concurrence s'enflamme entre les hommes, les entreprises et même les continents. Pour un peuple comme le nôtre, longtemps rétif au marché, le choc est rude : au-dessus de ce que nous avions appris à vénérer, semble triompher la loi de la jungle. De nouveaux acteurs s'affirment : multinationales, organisations non gouvernementales, mégalopoles tissent entre elles des liens qui enjambent ou contournent les pays. Au même moment, les inégalités ne cessent de s'accroître non seulement entre États mais à l'intérieur même des États. Les chancres mafieux prolifèrent. Aux oppositions bien marquées de naguère, facilement lisibles, entre les riches et les pauvres, les forts et les faibles, les « bons » et les « méchants », succède une infinité de gradations qui se confondent et se mélangent, superposition de couleurs qui tirent au gris, au doute, à l'inquiétant.

Le modèle français, hier encore incarnation de la modernité, résiste mal aux temps nouveaux. Le progrès, but affiché de la République positiviste, la modernisation, poursuivie par le général de Gaulle et par son successeur Georges Pompidou, tous nos mots d'ordre ont vieilli : « *Words, words, words* », pourrions-nous soupirer avec Hamlet. Des mots, des mots, des mots, mais dépourvus de chair et de passion. Des paroles, mais aucun acte pour les authentifier, quand la réalité même ne vient pas nous détromper. Depuis l'explosion de la première bombe atomique et la découverte de l'abomination concentrationnaire, le visage du progrès a cessé d'être bienveillant. La rapidité avec laquelle les innovations se succèdent les rend plus difficiles à contrôler. Les biotechnologies et le clonage thérapeutique portent autant d'angoisse que d'espoir. Notre compréhension du monde ne s'accroît pas au rythme de nos connaissances et, sans avancée de la conscience, la science risque de se retourner contre nous.

Tandis que la technique domestique la nature et fait reculer la maladie et la mort, s'installe chaque jour davantage l'angoisse d'une perte de contrôle qui réveille des peurs ancestrales : peur de la fin du monde, peur de l'invasion, peur du quotidien, peur de la maladie. Si, au fil de son histoire, la nation a souvent connu la peur, pour la première fois, le pouvoir semble ne plus savoir comment la conjurer. Son désarroi apparaît d'autant plus profond qu'il n'a pas anticipé cette évolution. Il réagit trop à chaud. Il ne suffit plus de désigner le risque pour savoir l'enrayer : bien qu'ayant pris la mesure du problème de l'effet de serre, nous continuons de saccager le patrimoine naturel de notre terre, sans savoir comment arrêter cette course à l'abîme. Les leviers traditionnels du pouvoir se révèlent incapables d'agir sur des enjeux qui dépassent les frontières et intéressent l'humanité tout entière. Également absent des nouveaux territoires dessinés par la modernité, tels que le génie génétique et les biotechnologies, les technologies de l'information et de la communication, l'État tente en revanche de justifier sa présence sur ceux qui précisément ne cessent de se rétrécir jusqu'à se dérober sous ses pieds, comme le royaume disloqué de la pièce d'Eugène Ionesco *Le Roi se meurt*. Il ne sait pas devenir souple pour bondir au gré de la cartographie mouvante de la puissance nouvelle.

La tentation conservatrice devient alors d'autant plus obsédante que toutes les issues semblent bouchées. La société courbe le dos, secouée de spasmes éphémères : France désabusée, morose, alors même que la plupart de nos grandes entreprises affichent une santé florissante et que nous prenons notre part de la prospérité mondiale ; France qui perd pied, recule, reléguée aux derniers rangs de l'Europe, risquant d'apparaître comme le conservatoire des archaïsmes, cramponnée à l'étendard fané du Front populaire et aux vieilles lunes de l'immobilisme. De mirages en déceptions, s'installe une véritable crise de confiance à l'égard des élus et de l'État, alors que le chômage demeure obsédant, les inégalités en augmentation. Le patrimoine, le milieu social, le sexe, le statut, l'activité délimitent d'autres cases invisibles dont il paraît impossible de sortir. Les peurs alimentent la spirale mauvaise d'un pays bloqué, allergique à la réforme, recroquevillé, sur la défensive. À cela s'ajoute une grave crise des repères et des valeurs. La table rase de Mai 68 a répudié le passé et refusé l'autorité sans inventer de nouveaux idéaux. Les piliers de la République sont ébranlés : la laïcité est battue en brèche par la montée de l'intégrisme et du communautarisme, les minorités imposent leur loi à la majorité silencieuse, l'école cesse d'offrir à chacun des perspectives réalistes de promotion sociale, l'armée n'opère plus le brassage social de naguère. Tous les facteurs traditionnels d'intégration volent en éclats, et avec eux la cohésion de la société et la volonté de vivre ensemble qui forme selon Renan l'essence d'une nation.

À la sempiternelle dualité française s'ajoutent désormais la confusion et l'incertitude, quand chacun craint la descente aux enfers, quand la trappe à pauvreté remplace l'ascenseur social. « Jadis, déplorait Paul Celan, il y avait une hauteur. » Aujourd'hui, c'est le hasard ou le cynisme qui semblent gouverner la réussite, et les chutes peuvent être aussi foudroyantes que les ascensions. À une époque où tout s'enchaîne et se superpose, c'est la profondeur qui manque, la perspective, une ligne de fuite ou d'horizon. Incertitude du jeu politique, quand s'inversent les rapports de force, quand des pouvoirs hier vassaux s'affirment désormais belliqueux et conquérants. Incertitude de la pensée, quand tout semble passer, s'effacer, frappé d'évanescence ou d'obsolescence. Tout se recompose en permanence, de nouvelles frontières se dessinent dans les zones d'ombre, zones grises de la mappemonde, *terra incognita* que nul explorateur n'ose plus aborder. Dans ce chaos, le plus grand nombre se sent sourdement menacé, bridé dans son rêve d'élévation, dépossédé, orphelin d'un destin. Enfants de la Résistance, privés d'ennemis depuis la chute du mur de Berlin, nous sommes tous les héritiers du désenchantement de Musset : « Alors s'assit sur un monde en ruines une jeunesse soucieuse », déroutée, confrontée à « un passé à jamais détruit, s'agitant encore sur ses ruines [...] devant eux, l'aurore d'un immense horizon [...] et entre ces deux mondes [...] le siècle présent, qui sépare le passé de l'avenir, qui n'est ni l'un ni l'autre et qui ressemble à tous deux à la fois, et où l'on ne sait, à chaque pas qu'on fait, si l'on marche sur une semence ou sur un débris. Il leur restait donc le présent, l'esprit du siècle, ange du crépuscule qui n'est ni la nuit ni le jour ; ils le trouvèrent assis sur un sac de chaux plein d'ossements, serré dans le manteau des égoïstes et grelottant d'un froid terrible. L'angoisse de la mort leur entra dans l'âme à la vue de ce spectre moitié momie, moitié fœtus ».

Longtemps cohérente et structurée, notre société est prise de vertiges. Elle rêve d'un sens qui lui échappe, irrémédiablement perdu dans le rythme fou de la modernité. Où est le sens premier, inné, que chacun autrefois donnait à sa vie, ancré dans une lignée, une tradition, un terroir, une culture ? Sens de valeurs partagées ou conquises, du travail bien fait, de la parole donnée, de l'honneur et du sacrifice ; autant de directions, de convictions qui aidaient à se tenir droit, à avancer sans faillir ou à se ressaisir. Où retrouver le sens si l'on refuse l'effort, la sublimation des égoïsmes au profit d'un idéal collectif, la transcendance et l'esprit de mission ? Dans un monde aplati sur lui-même, écrasé par l'accélération, submergé par la banalisation et la concurrence des images sans relief, l'individu-roi s'aperçoit qu'il est aussi un animal obsédé par la mort. Autour de lui, le monde bouge et fuit comme le paysage à la fenêtre d'un train. Repères brouillés, effacés ou contestés, valeurs diluées ou à la dérive. L'homme s'enfonce dans les sables mouvants sans point fixe où se retenir.

Certains se réfugient dans la solitude ou se complaisent dans le cynisme, d'autres descendent la pente qui conduit du rejet à la contestation, de la contestation à la haine, de la haine à la violence, d'autres encore s'enivrent dans les paradis artificiels ou la spiritualité de bazar. Une secte en guise de famille, un gourou pour guide. Ils se replient sur des communautés ou caressent le mirage d'un passé idéalisé. Le désarroi est d'autant plus profond que la parole collective, politique, religieuse ou philosophique peine à désigner le mal, annoncer les remèdes.

Quand l'école est menacée, que la méritocratie républicaine passe pour un leurre, la société renoue avec sa mauvaise pente, celle d'une identification par l'exclusion qui commence par l'anathème avant de dégénérer dans la violence. La classe moyenne demeure stigmatisée à la fois en bas, parce qu'elle représente une proximité inaccessible, et en haut, où l'on cultive le dédain de l'argent, et parfois même du travail. Cette diabolisation alimente une permanente tentation égalitaire, non dans le sens libéral de l'égalité des chances mais dans celui, sans-culotte et babouviste, du nivellement par le bas.

L'écart se creuse également entre les plus jeunes et les plus âgés. Les premiers rejettent les vieilles certitudes, tandis que les seconds voient s'effriter les valeurs auxquelles ils se raccrochaient ; les premiers rencontrent des difficultés pour entrer dans la vie active, tandis que les seconds attendent leur retraite pour bénéficier, mais pour combien de temps encore, d'un niveau de vie garanti. La fracture financière paraît d'autant plus menaçante qu'elle s'ajoute à la dissolution des liens familiaux, mettant en cause le premier principe de subsidiarité selon lequel les cadets cotisent pour les aînés après avoir été à leur charge. Du fait de l'allongement de la durée de vie, ce sont quatre générations qui coexistent dans la France d'aujourd'hui : deux ont connu la guerre, une a grandi avec les Trente Glorieuses et explosé en Mai 68, la dernière, celle de la crise, a poussé dans le chômage et le délitement du lien social. La troisième génération, marquée par l'espoir et l'utopie, est actuellement aux commandes, mais elle a vu son rêve s'évanouir devant la faillite et les atrocités des totalitarismes. Sur le seuil, mûrit une nouvelle génération : génération de l'espoir si elle ne laisse pas le scepticisme de ses aînés tuer la quête d'idéal et la volonté d'entreprendre. Sur ses épaules, le poids économique croissant des retraités et du quatrième âge, défi des prochaines décennies que nous persistons à refuser de regarder en face.

Le fossé entre les riches et les pauvres se creuse lui aussi. Dernière désillusion pour un État dont le coût élevé se justifiait par sa mission sociale. La misère se trouve aujourd'hui largement prise en charge par les associations et les collectivités locales, supplétives d'un service public en mal de moyens et en crise de vocation. Dans ce contexte l'impôt est de plus en plus mal compris. Correcteur théorique des inégalités, le voilà plus que jamais dénoncé comme destructeur de la croissance et pourvoyeur des conservatismes, oppressant et injuste. Pourtant la mesure de l'inégalité est floue car elle dépend avant tout de la manière dont chacun juge sa position, en fonction d'un sentiment relatif de force ou de faiblesse. Dans le clivage gros contre petit, la subjectivité l'emporte donc et traduit une impression répandue de vulnérabilité, d'impuissance, une peur de la marginalisation, de la déconsidération, de la relégation aux franges, aux bords sombres où s'ouvrent les gouffres. La déstructuration de la société salariale inventée par les Trente Glorieuses a créé de nouvelles fractures, entre salariés et chômeurs, entre chômeurs de courte et de longue durée, entre emploi à durée indéterminée et emploi précaire, entre ceux qui travaillent à l'exportation et ceux qui dépendent exclusivement du marché national. S'exacerbent aussi les clivages entre travailleurs français et immigrés, citoyens des villes et des banlieues, urbains et ruraux. Dominant ces antagonismes, le clivage peuple-élite se complique d'une opposition grandissante entre les anciennes classes moyennes, nouveau tiers état, et une aristocratie restreinte détentrice du pouvoir et du savoir, tandis qu'un « protectorat » vit en partie à l'abri des exigences de l'époque dans les secteurs protégés et que grossit une masse toujours plus amère d'exclus.

Devant cette déstructuration, les hommes s'accrochent à leur identité comme à une ultime bouée de sauvetage. Les minorités la revendiquent et la brandissent comme un étendard. Elles s'épanouissent particulièrement en France, compte tenu de notre goût pour les dogmes, de notre passion pour l'absolu, la justice et la vérité, valeurs détournées comme autant d'armes pour le combat. S'appuyant sur la passivité de la majorité et leur culture du réseau pour imposer de véritables diktats, épousant l'évolution générale des mœurs, rejetant toute contrainte, ces minorités structurées se partagent le terrain cédé par le reflux du pouvoir. Chacun, chaque groupe campe dans la société, exigeant un retour sans considération de sa contribution. Société infantile de droits sans devoirs, de libertés sans responsabilités.

Ne faut-il pas songer à assouplir l'égalité par l'équité pour corriger les inégalités de départ ? L'organisation de la société et la gestion de l'espace, une autre vision de la cité, de l'urbanisme, comme de l'équilibre ville-campagne, sont à inventer. L'habitat concentrationnaire choisi dans l'urgence par la France au lendemain de la dernière guerre, le développement des zones industrielles et des grandes surfaces en dehors des villes ont contribué à la crise. La révolution des transports rapides et le télétravail ouvrent la porte à un désengorgement indispensable, sachant que des pans entiers du « désert français » souffrent à l'inverse de sous-peuplement, menaçant de disparition de nombreux villages ou petites agglomérations qui étaient autant de havres de fraternité.

Comme tout paraissait simple hier, ces hiérarchies, ces frontières, ces clairières, ces jardins soigneusement dessinés, « à la française » justement, sur les patrons de la géographie, de l'histoire, de la population ou de l'idéologie ! Mais avec le temps les cartes se sont brouillées, les repères mélangés, les étiquettes effacées. D'autres distinctions se sont superposées aux anciennes, d'autres appellations en fonction de l'âge, du sexe, de l'activité, à l'intérieur de la société ou à ses marges. Nul besoin de pré carré, de matricule ou de marque au fer rouge, chacun suit sa ligne, chacun suit sa peur dans le jeu confus des bilans, des ratios et des statistiques, dans un décor de science-fiction, en spirales vertigineuses. Dans les montées ou les descentes, les marches sont raides, les parois poreuses, les pentes glissantes, des ombres filent, s'effacent sur le bas-côté, d'autres s'accrochent aux rampes. Forts de leur souffrance vécue ou partagée, les Français font cause commune contre l'État, tout en l'implorant.

Tel un train, la nation comporte beaucoup de wagons mais bien peu de passerelles pour progresser de l'un à l'autre. Comment s'étonner alors de la désespérance des plus démunis, à l'écart de la communauté nationale, rejetés à la périphérie des villes, reliés par les seuls revenus passifs de la solidarité, englués dans des réseaux de désintégration et de marginalisation ? Une lourde responsabilité pèse sur les politiques, qui s'épuisent à faire tomber la fièvre sans vraiment chercher à identifier le virus.

Car aujourd'hui nombre de catégories inquiètes – routiers, fonctionnaires, professionnels de santé, cheminots – sollicitent la seule tête qui dépasse encore, celle de l'État, dont ils réclament aide ou reconnaissance. Ils envahissent la rue, expriment des angoisses souvent partagées par une majorité qui croit se reconnaître dans le miroir de ces peines et pense retrouver enfin un peu de solidarité face à la réalité intransigeante du monde. Sous cette unanimité de façade se cachent pourtant des antagonismes d'autant plus pernicieux qu'ils refusent de s'avouer. Lorsque les Français fraternisent dans un même élan de revendications, mettant en avant le respect de leur identité et la défense d'un modèle social, ils conjurent, en communiant dans la peur, l'opposition latente entre secteurs public et privé ; opposition étouffée et pourtant bien émergente, qui s'inscrit aux deux pôles du mondial et du local, de l'espace européen et du fait national, de la France écartelée entre autonomie et dépendance. Alors que la vitesse, le changement et l'adaptation permanente sont devenus les maîtres mots, les retardataires sont laissés sur le bord du chemin. Le fossé grandit entre la France exposée au vent du large, qui prend des risques et qui en crée, et celle qui s'abrite sous l'aile de l'État. Souvent peu avertis des réalités économiques, bien des Français ne se privent pas de maudire les fonctionnaires, tout en rêvant à la sécurité de l'emploi.

Derrière cette opposition, deux conceptions de la démocratie s'affrontent encore et toujours : l'idéologie de Rousseau ou les procédures de Tocqueville, la République absolue contre la démocratie d'équilibre. Cette autre dualité française fait de chaque décision, chaque choix, un nouvel écartèlement. La marche du pouvoir s'apparente désormais à une montée au calvaire. Le politique garde les yeux rivés sur la boussole oscillante des sondages, sachant que la sincérité fait couler à pic aux abysses de l'impopularité, tandis que la mise en scène cathodique et le consensus lénifiant sont encensés par une camarilla conservatrice qui joue des peurs et de la rumeur pour clouer au pilori les derniers porteurs de flamme. La tentation réside alors dans le renoncement, qui cède tout aux intérêts catégoriels et jette l'intérêt général à la rivière. L'issue est toujours la même : l'invocation de l'État, tour à tour nourri par la droite et par la gauche, recours usé vers lequel se précipitent les cyniques ou les désabusés, mus par d'antiques réflexes idéologiques ou hiérarchiques. Trop souvent la facilité l'emporte sur l'effort ; l'ambition personnelle sur le destin collectif ; l'opportunisme sur la fidélité à sa propre vérité.

L'atonie du pouvoir, son manque de vision et de projet entretiennent un profond traumatisme qui aggrave les doutes et avive les peurs. La délinquance grandit avec la montée de la précarité et le recul de l'autorité de l'État. Le vandalisme, l'incivisme, la violence gratuite ne cessent d'augmenter. Autour des centres urbains se nouent de nouveaux liens nourris de désespoir, de rage ou d'intérêts mafieux. Dans les interstices sombres de la nation, dans les recoins de nos cités, grouille toute une « vie dans les plis », pour reprendre un titre de Michaux, communautés parallèles ne reconnaissant que leurs propres lois, n'entrant en contact avec le reste de la société que pour y déverser leur trop-plein de haine. Profitant des fractures ouvertes et des plaies béantes, l'insécurité infecte le cœur des villes et les banlieues, frappant une population délaissée, esseulée, stigmatisée, vivant d'expédients, livrée à la barbarie des bandes, à la drogue, aux trafics, aux rackets. Parfois expression d'un authentique désespoir, la violence constitue un véritable défi lancé à un pouvoir pris pour cible à travers ses symboles – policiers, pompiers ou transports publics. Désemparé, l'État a révélé son impuissance à assurer sa mission première, celle qui a légitimé sa croissance et fondé son autorité : garantir la sécurité et la paix sociale, en premier lieu pour les plus démunis qui se sentent trahis. En l'absence de modèles, une part croissante de la jeunesse se voit privée de perspectives, réduite à comparer l'enfer de son quotidien à celui des nouveaux seigneurs de la guerre, maîtres de bandes armées, qui roulent en voiture de luxe, persécutent l'innocent, règnent sur des zones désertées par le droit et crachent à la figure du pouvoir. Au-delà de la répression nécessaire, c'est un lien qu'il faudra savoir rétablir, une intégration à réaliser par l'exemple, une pédagogie et une éducation à réinventer, un respect à retrouver, les fils d'une histoire d'amour à retisser, entre un peuple et le pouvoir, pouvoir qui châtie pour garantir la liberté de tous, mais qui sait aussi récompenser, ouvrir le chemin, donner espoir.

Pour l'instant, les relais manquent. Souvent éclatée, minée par la crise de l'autorité et l'individualisme, la famille, dépassée, comme l'école, par la concurrence de la rue et l'univers de violence dont les médias se font jour après jour l'écho, a cessé d'être le lieu privilégié de la protection et de l'apprentissage. Ébranlée par l'indifférence, la critique ou le doute, l'Église n'est plus le guide, tantôt oppressant, tantôt épanouissant, qui inculquait la transcendance et aiguisait la conscience morale. Quant à l'armée, désormais professionnelle, elle a peu à peu cessé d'être le creuset où se forgeait la nation. Le déferlement des images, des connaissances et des techniques, les modes qui se suivent, l'avenir qui se dérobe, ne laissent souvent qu'un désir inassouvi, aiguisé de jalousies, de frustrations, d'humiliations, qui porte à voler, à frapper, à casser, à brûler... Le pouvoir doit donc retrouver son esprit de mission, circonscrire l'incertitude, poser des bornes, affirmer sans complexe l'autorité, la loi et le respect des règles, inciter sans brider, sanctionner et comprendre.

Que l'État déploie ou concentre ses moyens, qu'il adapte ou repense les principes fondateurs, il doit ensuite tenir le cap. Mais c'est d'autant plus difficile que notre vie politique reste plus que jamais marquée par un « effet cymbale » de conjugaison des extrêmes contre les forces républicaines. Leurs surenchères font passer le réalisme pour pusillanimité ou incapacité, développent le sentiment délétère d'une absence de choix démocratique, flattent la passion de la table rase et de la politique du pire. La démocratie nourrit ce mal qui la ronge. Les difficultés de toutes les politiques menées depuis 1973, le retour de l'instabilité, l'explosion de la violence et de la criminalité, le reflux de la participation électorale, l'affaiblissement des partis et des syndicats, sont autant de signes qui témoignent de la vulnérabilité actuelle. Comme dans les années 1780, 1840 et 1930, la crise est multiple : sociale, économique, éducative, politique, culturelle, morale ; même incapacité de changement ; même passivité apparente d'une France qui s'ennuie mais bout à l'intérieur ; même frilosité, alors que le monde s'ouvre et que les frontières s'effacent. Imprévisible, cyclothymique, alternant calmes trompeurs et réveils brutaux ; parfois étonnante de vitalité, parfois consternante de légèreté, gâchant en un jour les fruits de longs et difficiles efforts : ainsi va la France, dominée par les rapports de force, ressassant ce qui divise au lieu de privilégier ce qui rassemble. Tel est le paradoxe d'une société qui s'effiloche mais reste cloisonnée, hérissée de bastilles, de jalousies, de haines et de suspicions. À l'oreille distraite, c'est un souffle rauque d'emphysème, un murmure entrecoupé de silences, râles ou grondements ; mais pour qui veut écouter, plusieurs respirations se mêlent, aspirations profondes et sifflements aigus, deux France, dos à dos ou coude à coude, qui s'opposent ou qui s'ignorent, deux France juxtaposées qui s'interrogent : fera-t-il jour demain ? Deux France, dix France, deux mondes, dix mondes, avec chacun sa tradition, sa morale, son passé, ses convictions.

Hier, chacune de ces France, chacune de ces familles, avait son idéal, sa vision de la vie, avec d'un côté une tradition humaniste où l'homme était au cœur de chaque chose, de la patrie, de l'humanité, et de l'autre une tradition d'ordre, l'homme mis au service d'un seul idéal, d'une transcendance, d'un principe supérieur, Dieu, la nation, l'État, l'armée, vision unitaire, vision globale qui privilégie la cohérence et la hiérarchie, où le principe l'emporte sur l'individu. Ces deux France s'opposèrent brutalement dans l'affaire Dreyfus ; elles défendaient deux conceptions de la morale et de la politique : sacralité des droits de l'homme et justice contre raison d'État et intérêt supérieur de la patrie, ce qui contribua à durcir le clivage gauche-droite avant que l'apparition du communisme et le renouveau du libéralisme lui confèrent le caractère tranché qu'il a longtemps conservé.

Ce manichéisme confortait chacun dans ses certitudes, ses vérités. Autant de repères, autant de garde-fous pour s'affirmer, s'identifier tout en se différenciant, en même temps ou tour à tour, dans un mouvement fondateur de la dualité française. De la division ont résulté la permanence et même l'exacerbation des rapports de force, en raison de la fascination française pour les constructions idéologiques, de l'amour de l'égalité et de la hiérarchie, comme de la vitalité de l'esprit révolutionnaire. Cette dualité se retrouvait en tout, et faisait en tout le jeu de l'État, promu seul médiateur des conflits.

Au-delà des joutes quotidiennes et des échanges stériles, s'impose aujourd'hui une refondation du pouvoir. Sous les coups de la conscience collective, d'une liberté retrouvée, c'est un autre mur de Berlin qui peut tomber. Le pouvoir de substitution ou d'apparat doit maintenant laisser le champ libre à une société de responsabilités partagées, où chacun reprend sa place sans lâcheté, délégation abusive, fausse représentation, abandon ou usurpation. À nous de prendre conscience que tout choix engage avec lui une conception particulière de l'homme. À nous d'établir un nouveau Camp du Drap d'or, un nouveau pacte, un nouveau contrat, bien au-delà de celui venu du fond des âges, conclu entre le peuple apeuré et le Léviathan. Autres réflexes, autres habitudes, avec moins de certitudes et plus d'appétit. Autre esprit aussi, où l'emporte le pragmatisme sur l'idéologie. Contre le dogmatisme, la généralisation et l'homogénéisation ; contre l'oubli des contingences, des spécificités, de tout ce qui est le propre des hommes et des circonstances ; contre l'esprit de contradiction et l'ambition française de tout faire entrer dans le lit de Procuste de la raison, de l'esthétique et des apparences.

Le monde tourne et les consciences aussi. À l'esprit d'ordre et de sécurité qui régnait hier, autorisant tous les débordements du pouvoir, succède aujourd'hui un temps nourri de désordres successifs, d'un perpétuel déséquilibre, d'un besoin d'arbitrages permanents. Les moyens d'y parvenir se transforment, obligeant le pouvoir à s'adapter constamment. Hier lourd, haut et massif, il lui faut désormais être en phase, rapide, proche, flexible, toujours en mouvement, pour redevenir crédible et légitime.

3

Les mirages du pouvoir

Le 22 octobre 2001, pour la première fois dans l'histoire de la gendarmerie, cinquante-quatre gardes républicains ont refusé de présenter les armes à l'un de leurs officiers. L'incident s'est produit dans le lieu le plus hautement symbolique de notre République, la cour d'honneur du palais de l'Élysée. Quand on connaît le dévouement et la fidélité de ces hommes, on mesure leur désarroi pour qu'ils se laissent aller à une telle manifestation.

La colère des gendarmes a frappé les esprits parce qu'elle a révélé soudain l'ampleur du malaise de l'État. Cette fois, le garant de l'ordre a choisi la voie du désordre, violant le principe même qu'il est censé incarner, au risque de faire trembler tout l'édifice sur sa base. La mission remplie par ce corps d'élite et son statut militaire le placent au cœur de cet État dont Louis XIV disait en mourant qu'il « demeurera[it] toujours ». Ni les privatisations, ni la libéralisation dictée à Bruxelles, ni la mondialisation, ne paraissaient l'atteindre. Pourtant lui aussi subit de plein fouet le choc des temps nouveaux. Son autorité est contestée, sa légitimité remise en cause quand elle n'est pas carrément bafouée. Il s'éloigne de la société dont il a la charge, iceberg à la dérive qui suit les courants sans les maîtriser, ignorant les évolutions en profondeur, incapable de prévoir, aveugle, sourd, réduit à la défensive. C'est ce trouble qu'exprimaient ces gardes républicains qui, par ce matin d'automne, refusaient d'obéir aux ordres : nous faisons partie de la société, voulaient-ils dire aux Français. Membres d'un même corps, nous méritons le respect et la considération qui s'attachent à tous. L'État que nous représentons, mal aimé, incompris, n'a plus les moyens de remplir sa mission. Mais les Français sont-ils prêts à regarder en face cet État tel qu'en lui-même la modernité le change ? D'autant que les peuples voisins ont pris plusieurs longueurs d'avance, même ceux du Sud dont on moquait si volontiers l'archaïsme. Comment choisir entre, d'un côté, l'aventure, l'inconnu du risque et de la compétition et, de l'autre, le ronron rassurant de l'État ? Derrière ce choix, deux mondes, deux cultures, deux peuples s'affrontent d'autant plus durement que, consciemment ou inconsciemment, la plupart des Français croyaient le travail fait.

Depuis tant d'années que tous les gouvernements serinaient la nécessité de l'effort et des réformes, de cure de rajeunissement en cure d'austérité, notre pays ne pensait-il pas avoir mérité un peu de repos, gagné enfin son avenir ? Et voilà que tout cela serait parti en fumée, comme ces éléphants blancs, ces usines et hôpitaux mirobolants du tiers-monde qui pourtant payés cent fois ne voient jamais le jour ou ces ponts qui s'élancent majestueusement d'une rive sans jamais atteindre l'autre. Pis encore, il devine que les fondations de l'ouvrage à bâtir ne sont pas même commencées, qu'il va falloir piocher, creuser en soi, autour de soi. Quel coup terrible, au pays du pouvoir ! À l'aune du bilan, nouvelle valeur cardinale de sociétés sans rêve et sans idéal, il fait pâle figure. Plus les apparences l'habillent de paillettes brillantes, moins il agit et moins on lui obéit, à l'image de ce pauvre « archer qui tire dans le noir » évoqué par Gustav Mahler. Tandis que le pouvoir économique et financier affirme toujours plus son emprise sur le monde, le pouvoir politique, sans matière ni relais, se gonfle de vents et d'illusions : pouvoir tentaculaire, mais pouvoir mou, impalpable, évanescent, pouvoir grenouille devenu bœuf. Parce que nous avons appris à l'identifier à l'absolutisme, notre mythologie du pouvoir reste empreinte de nostalgie et d'archaïsme : pouvoir de vie ou de mort, pouvoir qui claque, qui martèle et qui grave. Aussi refusons-nous de voir qu'il ne peut plus être aujourd'hui que mobile, divers, indirect, à la marge, ne s'exerçant plus seulement par l'autorité, de haut en bas, mais par l'influence, en partage, en négociation, avec d'autres pouvoirs. Le pouvoir a changé mais l'idée qu'on s'en fait perdure. Dans cet hiatus se lit une grande partie du désarroi et de la frustration de notre époque.

La France doute et s'ennuie. Alors qu'elle avait vocation à inspirer les princes et les rois, déléguait ses philosophes dans les Cours d'Europe dont les élites parlaient notre langue, qu'elle bâtissait des idées nouvelles dans l'espoir de les répandre autour d'elle, critiquait, jugeait, appréciait, distillait l'éclair de la raison dans le chaos de l'histoire, voici qu'on ne l'écoute guère et que l'univers tourne sans elle, quand il ne la juge pas avec mépris ou commisération. Pythie muette, génie aux ailes coupées. Ce monde qu'elle avait naguère pour théâtre se retourne contre elle et menace ses idéaux : la nation craint de se dissoudre dans un grand tout indifférencié. Dans ce pays méfiant, éruptif, le plus infime mouvement coûte au pouvoir des trésors d'énergie pour éviter qu'aussitôt ne se coalise contre lui la foule des mécontents. Le pouvoir n'agit donc plus. Il s'agite. Il occupe l'espace, se met en scène, comble les regards qui tous se tournent vers lui, sans jamais lui laisser le moindre répit. Il doit s'expliquer, se justifier, convaincre avant même d'avoir pu faire, toujours menacé par le doute, la mauvaise foi, le procès d'intention, la rumeur. Frappé à la tête, cerclé d'entraves, il n'ose s'avouer la vérité : le roi est nu. Pour ce secret-là, que chacun peut crier à la télévision ou sur toutes les places des villages, pour ce secret-là, il n'y a pas d'oreilles car personne ne l'entendra, personne ne le croira. Combien de complicités faut-il pour en arriver là ? Combien de duplicité et d'aveuglement ?

Telle est sa nature : depuis plusieurs siècles, le pouvoir n'a songé qu'à proliférer. Comme une monstrueuse termitière, croître, gagner du terrain, coloniser toujours davantage la société a été son ambition constante. Voici qu'il réalise que l'obésité paralyse et finit par tuer. La tête apparaît de plus en plus minuscule sur ce tronc gargantuesque, de moins en moins capable de commander efficacement les fonctionnaires ; le corps semble s'abîmer dans cette vie souterraine et végétative qui suit son cours obscur sans l'intervention de la volonté.

Croyant se faire mieux obéir, le politique a voulu grossir à son tour. Il s'est démultiplié par la décentralisation, mais au prix d'une complexité accrue qui n'a fait que donner de nouveaux prétextes à l'immobilisme administratif et rendre illisible la cartographie du pouvoir, même pour les professionnels de la politique. Dans cet écheveau impossible à débrouiller, les responsabilités se croisent, s'entrecroisent et se diluent à l'infini : le maire accuse le préfet, qui renvoie au président du conseil général, qui interpelle le ministre, qui blâme le directeur, qui fait le gros dos et attend que passe l'orage, ou le gouvernement. Cette confusion des pouvoirs aiguise les rivalités et aboutit à l'impuissance. Comme à la fin de l'Ancien Régime, les coteries s'affrontent, tandis que juges et journalistes, modernes parlementaires et philosophes, montent à l'assaut, prétendant incarner l'opinion. La guerre s'installe non seulement à l'intérieur des pouvoirs représentatifs élus – exécutif contre législatif, Président contre Premier ministre – mais aussi entre le politique et les nouveaux pouvoirs – économique, judiciaire ou médiatique –, sur fond de féodalités reconstituées. Les hommes ne sont pas toujours en cause ; leur compétence, leur dévouement, leur fidélité, leur intégrité, demeurent le plus souvent exceptionnels, mais cette machinerie les domine, puis les écrase, brisant les initiatives, interdisant l'originalité, corrompant l'idéal qui se dégrade en amertume ou dégénère en cynisme.

Ce pouvoir podagre, paralysé, divisé, se révèle aussi inapte à lutter efficacement contre le chômage qu'à enrayer la délinquance, la pauvreté et les tensions sociales. Médiocre gestionnaire, l'État laisse en jachère des portions de plus en plus vastes de son territoire. Le pacte de vie commune se lézarde. Aussi, après avoir été le fer de lance de la modernité, et en restant le vecteur de réussites remarquables, l'administration tend-elle aujourd'hui à devenir symbole d'archaïsme, de frilosité et de pesanteur bureaucratique. Prisonnier de ses dogmes et de ses habitudes, le pouvoir n'est pas préparé à se réformer pour retrouver son élan, son esprit, sa légitimité. Enferré, nargué quotidiennement par quelques bandes des banlieues, il a perdu son mystère, sa magie, son aura, et ne recueille plus que quolibets et mépris. Et pourtant il voudrait préserver ses certitudes, maintenir intactes ses règles et ses procédures, comme une religion morte dont les prêtres, dans des temples oubliés, continuent d'accomplir mécaniquement les rites que nul ne comprend plus.

Jadis sûr de lui-même, emporté par ses rêves, sa musique, son propre mouvement, comme aspiré par lui-même, phénix sans cesse renaissant de ses cendres, le pouvoir a peu à peu perdu ses appuis naturels et ses points de tangence avec le corps social. Le désordre s'installe subrepticement, progressivement, lentement inoculé, savamment marié à l'ordre établi, jouant sur tous les registres – l'intérêt, le confort, l'habitude, la lâcheté... Peu à peu l'État s'empêtre dans ses moyens comme dans ses fins. Saisissant contraste que le nombre de leviers reliés à un centre unique et l'inefficacité d'une machine qui donne le sentiment de tourner à vide ! Les vieux idéaux de service public et d'intérêt général ne suscitent le plus souvent qu'une commisération amusée, et l'esprit de mission s'est mué en esprit de conservation. Comme pour la noblesse à la veille de la Révolution, l'âge des privilèges paraît avoir remplacé celui des supériorités. Comment désormais justifier les prérogatives du service public s'il ne semble plus remplir ses devoirs ? Et comment le défendre si n'y sont pas combattus la gabegie ou l'égoïsme, hors de tout contrôle, de toute contrainte, de toute responsabilité ?

Face à ces assauts, pourquoi s'entêter, pourquoi oser, pourquoi même essayer ? Ne vaut-il pas mieux feindre, plier la politique au champ réduit du petit écran, en faire un art d'esquive et de pirouette, de séduction et d'illusion ? Pauvres hommes publics, classés comme à l'école, relégués derrière les artistes de variétés, sportifs, présentateurs, animateurs, saltimbanques, charlatans, contraints d'apprendre leurs recettes pour gagner les cœurs et circonvenir les esprits ! Les salles de réunion se vident, mais on se bouscule devant les caméras. La politique ne se met plus en scène que sur la banquette des animateurs ou le tabouret des amuseurs cathodiques. Chaque jour, les dirigeants continuent à paraître pour chercher leur puissance dans le regard des autres, dans la haine nourrie de convoitise de l'ennemi, la jalousie de l'ami, la déférence ou les lazzi du citoyen, la reconnaissance ou l'ingratitude de l'administré. Car s'il veut être aimé, l'homme de pouvoir veut aussi croire que tout sentiment de défiance ou tout acte d'hostilité participe de l'ordre des choses, du jeu naturel : que l'on m'aime ou me haïsse, on me reconnaît, on me regarde, j'existe, misérable leitmotiv de la société du spectacle. Quelques-uns, peu nombreux, ont constaté, mesuré l'ampleur de cet égarement, mais sont restés pétrifiés. Pourquoi parler, alors que tout paraît perdu, pourquoi ôter le masque quand le pouvoir est une peau de chagrin et que le pays marche vers le déclin ? D'ailleurs, parler c'est mourir sous les coups de la horde des concurrents qui veulent la place et qui crieront à l'incapacité, à l'impuissance, à la résignation, à l'abandon ; c'est prendre le risque de défier les grands courtisans, prédateurs, observateurs, censeurs, conspirateurs, qui vivent du pouvoir et autour de lui, mais ne cherchent qu'à préserver leur situation ou à participer un jour au pauvre festin.

Enfermée dans des citadelles dorées, étouffée par les clientélismes et le cumul toujours excessif des mandats, la classe politique vit aussi en vase clos. Chaque jour contestée, elle est envahie par la peur et se réfugie dans la conservation ou la dérive médiatique. Faute d'un statut de l'élu, malheur au vaincu ! Comment s'étonner là encore que l'instinct de survie émousse la vocation ou l'esprit de mission ? Du côté de l'exécutif, des cabinets ministériels pléthoriques et une administration tentaculaire entretiennent l'illusion du mouvement par une stérile agitation, un « divertissement » pascalien qui isole les décideurs, leur procurant le confort rassurant d'un monde virtuel où, selon la belle formule du prince Salinas dans *Le Guépard*, tout doit changer pour que rien ne change. La décentralisation aurait pu renouveler la donne en offrant aux citoyens des partenaires à la fois plus proches et plus puissants, identifiés et pleinement responsables dans les domaines essentiels de l'action publique, comme la sécurité ou l'éducation. Parce que l'État, pour tenter de conserver la main, l'a embrouillée à plaisir, elle a été une grande occasion manquée.

Comme par une fatalité démoniaque, les idées justes deviennent des solutions fausses. Alliés et opposants du pouvoir prolifèrent dans un bestiaire fabuleux, à l'image de celui de Jérôme Bosch, hyènes ou phacochères, rats ou sangsues. Ce ne sont plus les animaux de La Fontaine, mais la marée grouillante de Lautréamont. Selon les époques ou les étages, chacun hume ou se repaît de la chair fraîche ou faisandée : certains n'ont pas le droit de toucher aux mets, d'autres s'en délectent et s'en remplissent poches et bavoirs, d'autres encore se contentent d'espérer, demain peut-être ; cela suffit pour participer un peu à la fête, pour en ressentir l'excitation, pour être à leur tour courtisés, sollicités, dans l'espoir de pouvoir entrevoir un jour, à travers eux, un peu du faste et du privilège. Même affaibli, le pouvoir reste auréolé de mystère, surtout quand on se situe à la périphérie, là où dansent frénétiquement le complot et la convoitise. Joies de la rumeur, perversité et servilité de certains entourages, fléaux de la politique. Comment ces gens-là pourraient-ils admettre qu'ils n'ont jamais vu la bête fabuleuse, plus terrible que l'hydre de Lerne, plus magique que la licorne, plus légendaire que la sirène ? La Cour n'existe que par le pouvoir :

tous lui ont parlé, chacun a été écouté, entendu, reconnu. Alors, comme l'écrit Boileau, « cette contagion infecta les provinces, du clerc et du bourgeois passa jusques aux princes » ; même le peuple a sucé le poison, le terrible fiel de la vanité qui aimante les regards, corrompt les âmes et les cœurs. Que certains se prennent à son tragique, qu'ils goûtent le suspense, l'émotion de la lutte, ou que d'autres ne retiennent que la solennité du ton, la majesté des discours, les parfums de l'encens ou de la poudre, les combats de sang ou les complots d'antichambre, les alliances, contre-alliances, les serments et les trahisons, ces vices, ces émotions, par procuration, sur écran géant : quel spectacle !

Pourtant le pouvoir ne répond plus, alors que tous les yeux restent braqués sur lui, en attente, suspendus au miracle qui n'arrive pas. À la politique, il ne reste qu'une scène, une lanterne magique où tournoient images, rumeurs et artifices, un théâtre ridicule et vieillot où se désarticulent des marionnettes cassées, où cabotinent seconds rôles et canassons de réforme, tandis que, dans la salle, un chahut monstre enfle et grossit, de l'orchestre au poulailler. Convulsions du pays secoué de grèves, éruptions dans les cités ou les banlieues, hostilité larvée : la désobéissance sourde, l'indifférence entêtée, le mépris obstiné ou le rejet furieux se développent. Les réactions légitimes de professions qui se sentent mal aimées ou insuffisamment reconnues rejoignent la défense d'intérêts corporatistes, quand il ne s'agit pas de la contestation destructrice de l'ordre établi par des minorités agissant dans l'ombre. Comment apaiser ces différends dont l'addition conduit à une impression de conflit récurrent ? Quel sens donner à cet imbroglio où l'apparition de nouvelles problématiques côtoie le retour des luttes que l'on croyait d'un autre âge ?

Parce qu'elle ne dispose d'aucun relais ou garde-fou, la société se trouve engagée dans la voie d'une inévitable collision avec le pouvoir, comme un territoire sans haies ni bois se voit livré aux avancées du désert, à l'érosion des vents mauvais. L'État, évidemment, au fil des ans, au fil des guerres, au fil des crises, a cherché à colmater les brèches. Aussi a-t-il toujours été perçu comme providentiel par une société qui l'implore sans cesse.

Impuissant, le pouvoir se sent également mal aimé, incompris, fragile devant les mouvements désordonnés et imprévisibles de la société. Soucieux du tout, il est rattrapé par les revendications individuelles ou catégorielles. Vous sait-on jamais gré de défendre l'intérêt général ? Silencieuse, la majorité ne met son poids dans l'urne que lors des élections. Dans l'intervalle, corporations et lobbies tirent la couverture de droite ou de gauche, à hue et à dia... Comment le pouvoir ne perdrait-il pas le souffle à courir dans un sens, dans l'autre, à tenter de désamorcer les conflits, d'éteindre les incendies ? Comment ne perdrait-il pas la tête et la foi entre les calculs à court terme et les exigences d'une vision stratégique ? La rue encore, la rue toujours, qui seule ouvre la voie en l'absence de passerelles ou d'échelles, faute de relais efficaces du Parlement, des partis, associations ou syndicats... Du fond des âges, le même grondement, le même raidissement des positions, « le long grandissement des arbres, et des hontes », a dit Victor Hugo, la même lutte qui distingue les intérêts sans jamais les lier, la même peur.

Le pouvoir doute, le citoyen s'inquiète et l'autorité faiblit quand la rue devient le lieu d'expression de toutes les contestations. La crainte de la contagion, du dérapage, l'emporte pour paralyser toute initiative. La hantise du pourrissement et de l'irréversible amène les gouvernements à céder. L'épreuve de force tourne presque toujours en faveur des manifestants, parce qu'ils sont le bruit, l'image, le nombre visible, la couleur et la vie contre le silence gris des conseillers et des courtisans. Jeux de rôles, jeux sans paroles, jeux de symboles, coûteux et stériles, qui appellent d'autres jeux, nourrissent insatisfaction et frustration, entre celui qui crie et celui qui n'entend plus, entre ceux qui croient savoir et ceux qui ne voient pas, ne parlent pas, faute de terrains d'entente, faute de témoins de confiance.

Un pouvoir qui écoute doit, une fois la décision prise, s'efforcer de ne point reculer s'il est persuadé d'œuvrer pour le bien commun. À charge pour lui de bien distinguer l'amont – le temps de la concertation – de l'aval, celui de l'action qui n'exclut pas la fermeté, nécessaire face à des minorités catégorielles de plus en plus structurées et qui pratiquent la surenchère dans la violence. Le maintien d'un dialogue régulier, le développement de relations équilibrées entre les différentes couches de la société, la représentation des intérêts collectifs par les syndicats sont censés prévenir les crises inutiles, les déchirements et les affrontements frontaux. En France, à défaut d'une culture du contrat, se sont multipliées ces luttes intestines qui dégénèrent d'un coup, à la surprise générale, en grèves coûteuses et interminables. La rue devient la nouvelle place du village, le nouveau forum où la gouaille et le verbe haut placé l'emportent sur le raisonnement et la préservation des intérêts de chacun. Une image à la télévision légitime toutes les causes. L'adoubement médiatique se substitue au sacre démocratique : démocratie directe, sondage grandeur nature, vote à main levée, à poing dressé.

Dans notre mémoire collective, la rue debout évoque le plus souvent la défense d'un idéal menacé, une juste lutte en faveur d'un ordre meilleur, d'une société plus allante. Drapeau au vent, et claquent les idées dans le ciel de France ! La Révolution contre l'aristocratie. Les mineurs contre l'oppression d'un patronat sans conscience. Le peuple affamé contre la troupe. Mais la donne a changé. Autrefois ultime recours, le conflit tend à devenir un préalable. Logique d'adversaires et non de partenaires, séparés par un océan de haines recuites, de suspicions insidieuses, de malentendus ou de sous-entendus, de petits ou de grands privilèges, de passe-droits énormes ou dérisoires.

Aussi, à l'aune de ce passé, sachons dénoncer les manifestations moins nobles, où la parole n'est pas l'expression d'une conviction réfléchie mais davantage le signe d'une exaspération mal comprise. Les slogans sont vociférés de façon mécanique, les arguments assenés en toute mauvaise foi, dans le tumulte et la confusion. Un jour, des groupuscules récupèrent pour leur intérêt propre des revendications légitimes ; faussant la vérité, ils ne servent pas la recherche d'une solution équitable. Un autre, une catégorie professionnelle, sans avoir mis sur la table toutes les données du problème, bloque la liberté de circulation. Ces luttes isolées, quand les enjeux sont globaux, débouchent souvent sur un succès en trompe l'œil.

À ces mouvements, le pouvoir surpris répond dans la hâte et le désordre, oscillant entre la répression et la faiblesse. Aucun intermédiaire n'existe entre la raideur et l'abandon. Les forces de l'ordre d'abord, l'argent public ensuite. Ceux qui protestent dans la légalité ont l'impression d'être sacrifiés aux orchestrateurs du chaos. Comme si la violence était devenue le seul moyen de se faire entendre, sachant qu'elle seule donne le sésame qui ouvre les portes d'airain du porte-voix médiatique. Comment le politique ne perdrait-il pas toute crédibilité dans ces volte-face successives ? La Ve République parviendra-t-elle à rompre le cycle infernal ou sombrera-t-elle dans le déshonneur, faute de second souffle ? Après avoir été gouvernée tour à tour par les grandes familles politiques, saura-t-elle trouver le chemin du renouveau ? Art du possible au service d'un idéal, la politique doit renouer avec l'audace et l'ambition. À elle de renouveler ses propositions, de retrouver son élan pour dépasser les modèles politiques traditionnels. Inspirés ou éclairés, pétris de vices ou de certitudes, les maîtres se suivent, salués ou hués, aux nues ou à l'échafaud, qu'il s'agisse du charismatique, du technocrate ou du florentin, trois figures libres plus qu'imposées qui ont jalonné notre histoire.

Le charismatique hante l'allée du roi, éloignée, dérobée, méconnue, dans ses versions de rêve ou de cauchemar, fascinante chauve-souris de La Fontaine : « Je suis oiseau : voyez mes ailes... Je suis souris : vivent les rats ! » Par l'audace de son accoutrement, la force de sa promesse, gravée en lettres d'or dans le riche livre d'heures, il atteint la puissance du mythe, l'ivresse de la légende, occupant tout l'espace des jours et des nuits, mobilisant les bataillons des passions et des songes. Au sommet de notre panthéon politique, il dépend de la rencontre entre la volonté d'un homme et les circonstances. Héritage bonapartiste, tradition gaulliste qui célèbre le mystère de la politique, union, fusion d'un peuple avec son chef. Magie du geste, du verbe, de la symbolique, alchimies individuelles et collectives. Sous le masque charnel, cheminement éminemment spirituel, d'offrandes en sacrifices, de consécration en rédemption. Il atteint l'homme ailé en quelque sorte, le mariage du requin et de la mouette, de l'eau et du feu : arche d'alliance et de métamorphose.

Dans des allées plus fréquentées, s'avance le technocrate, parvenu au sommet au terme d'un long périple souterrain : conseiller savant ou philosophe, serviteur émancipé qui par la force de sa science veut s'imposer en maître. C'est la parfaite mécanique intellectuelle, costume gris d'expert, plumes et volutes cérébrales, raisonnements articulés. La main sûre, le doute allégé, le cœur barricadé, l'âme pointue, toute une science implacable à l'appui de chiffres et ratios, courbes et séquences. La raison froide du plus intelligent. Connaissance sans essence, sans souffle d'existence : la tyrannie du savoir avec le narcissisme pour seule humanité.

Le florentin, enfin, véritable hypnotiseur, subtil mélange de Gracian, Machiavel, Médicis et Borgia, tout l'art des rivalités, des vanités, jeux de cour et médiocrités. Une figure adonnée au culte du calcul, de l'esquive, de la machination, de l'illusion, de la représentation, qui déploie comme une seconde nature le goût et la pratique de la séduction. Divisant pour régner, ce caméléon joue de tous les registres, manipule tous les claviers, tour à tour affectueux ou menaçant, détaché ou pressant, raffiné ou brutal, fidèle ou cynique, toujours ambigu, mystérieux, paradoxal, singulier et multiple, féminin et masculin, chat et souris, hyène ou brebis : terrible dictature de l'humain sous le règne animal.

Ces deux derniers archétypes ne font que creuser le fossé entre les Français et le pouvoir. Menace d'autant plus grave qu'en dehors des élections et de trop rares référendums, la démocratie française n'a pas su imaginer des voies et procédures pour associer le citoyen aux affaires publiques, dans un pays où pourtant le lien politique constitue le premier lien social. En outre, le charismatique suscite, dès qu'il paraît, la mitraille nourrie, quoique hypocrite, de la Cour qui ne redoute rien tant que de le voir établir un contact direct avec le peuple, enjambant les entourages, court-circuitant leur influence.

Le désenchantement du citoyen a conduit à prendre le politique pour cible. Pour n'avoir pas su répondre aux attentes, le voici bouc émissaire. Confronté à ces accusations, il en a vite tiré la leçon : agir revient à prendre le risque d'un formidable mécontentement, et ne rien faire à gâcher les chances de l'avenir. La tentation est donc toujours la même : se hâter lentement. En découle la fortune du guignol politique, la réouverture du grand théâtre, avec tréteaux et chapiteaux, le retour des *Mystères* et *Entrées* de la fin du Moyen Âge, favorisant le développement de la communication, ramenée à l'art de la mise en scène, de la fioriture, de l'anecdote et des apparences, quand elle devrait être l'orchestration d'une volonté, d'un calendrier, l'art du hasard et de la nécessité, de l'exigence et de la contingence.

La noblesse de la politique, à l'automne 1995, aura été le retour à sa vérité même, à sa dignité, au risque du dépouillement. Après le diagnostic de l'état réel du pays, il fallut choisir entre deux voies : soit perpétuer l'illusion, se jeter dans la fuite en avant en empruntant massivement ; soit tenter de sauver l'avenir en prenant les mesures qui s'imposaient. Les grèves qui s'ensuivirent furent le retour de bâton du tournant d'octobre, comme la défaite des socialistes en 1986 sanctionna le revirement de 1983. Mais entre la semence et la moisson, il y a un écart qui, dans notre société du spectacle, où une image chasse l'autre, rend presque impossible au semeur de moissonner sa récolte : au successeur le blé levé. L'histoire jugera.

Le passage d'Alain Juppé à Matignon rappelle le ministère de Turgot. Les deux expériences marquent un moment dans une crise plus générale : celle de l'Ancien Régime hier, celle de la Ve République aujourd'hui. Nommé contrôleur général des finances, Turgot est réputé pour son efficacité, son intelligence pratique et sa volonté. Sans parti pour le soutenir, à la différence de son rival Choiseul, il compte sur une petite équipe motivée. Étranger à la Cour, par naissance et par caractère, il frappe vite et fort. Plutôt que de tergiverser ou de chercher à séduire, il engage aussitôt une impressionnante batterie de réformes pour éviter une révolution. Il heurte les courtisans en limitant les pensions et en écartant les solliciteurs avec dureté ; libère le commerce du blé en froissant tous les corporatismes ; met en cause les privilèges de la Cour et de la ferme générale ; bouscule le Parlement en faisant imposer par Louis XVI l'enregistrement de ses édits. En quelques mois, il se met à dos toute l'oligarchie. Des pamphlets, lancés par les Grands du royaume, l'accablent, fustigeant la raideur de l'homme et la brutalité de la méthode. Redoutant que la libération des prix ne provoque la disette, le peuple crie sa colère lors de la guerre des farines. Au bout de deux ans, Turgot, dont le courage et la volonté n'ont jamais faibli, doit s'en aller. Son successeur, Necker, parfaite incarnation de l'establishment sous les habits d'une simplicité bourgeoise de bon aloi, propose une autre méthode pour l'indispensable réforme : plus concertée, beaucoup plus lente, ménageant les intérêts de tout et de tous dans l'obsession de la popularité. On connaît la fin de l'histoire.

L'expérience d'Alain Juppé se distingue toutefois de celle de Turgot sur plusieurs points essentiels : le « Prince », cette fois, s'est montré volontaire et ne lui a jamais ménagé son soutien ; mais, à l'inverse, alors que les « intellectuels » n'ont guère secouru le Premier ministre, les philosophes ont appuyé pour la plupart le réformateur contrarié de l'Ancien Régime. Enfin, la presse, déjà puissante, ne lui était pas entièrement hostile et ne répandait pas le bruit de l'imminence de son départ au bout de six mois. En revanche, un élément capital se retrouve d'un siècle à l'autre : le conservatisme de la Cour s'est révélé déterminant. Plus le pouvoir se montrait sûr de lui, sûr de son droit, sûr de son éthique, plus il retrouvait son allant, bientôt même son élan, plus le microcosme, les élites, les « représentations » étaient saisis d'effroi, de doutes, de hoquets, et plus se multipliaient les calculs, les jalousies et les arrière-pensées. L'histoire a jugé Turgot, saluant l'homme et le ministre. Quand les passions seront apaisées, l'histoire rendra hommage au courage politique et au sens de l'État d'Alain Juppé, durant cette période, frappée du sceau de la volonté en dépit d'une certaine précipitation que commandait l'urgence. Le temps politique n'est pas celui de la mémoire.

Comment pénétrer la véritable nature de ce jeu cruel ? Comment distinguer la réalité, dans ce clair-obscur aux faux-semblants caravagesques, entre justiciers et bandits, voleurs et redresseurs de torts ? Que faire quand le juste, badigeonné de goudron et de plumes, arbore le visage de la brute, tandis que le méchant passe pour un héros ? Et que dire quand la musique du mensonge a des accents de vérité ? Désarçonné, dérouté, le peuple a cru ses dirigeants arrogants et inefficaces. Comment, a-t-il pensé, auraient-ils pu de leurs hautes tours toucher du doigt les dures réalités quotidiennes du chômage, de l'injustice, de la pauvreté ? Donnant libre cours à ses rituelles impatiences, condamnant tous les hommes couronnés, l'opinion se croit depuis quinze ans contrainte au faux choix du métronome, oscillant sans cesse de droite à gauche ou de gauche à droite.

Certains, bien sûr, verront dans l'échec politique la confirmation qu'habileté et séduction demeurent les seules portes de salut, que la mise en scène conditionne les bonnes grâces du système et de l'opinion. Il est vrai que l'installation d'un nouveau pouvoir est propice aux malentendus : effets d'annonce et premiers frissons créent une sorte d'état d'apesanteur, d'état de grâce ; tous les espoirs semblent permis, la cloche médiatique battant la campagne avant de sonner le réveil des réalités. Mais tout gouvernement qui cède à cette tentation de la facilité ne peut espérer gouverner durablement. La corde est fragile, même pour celui qui veut s'imaginer éternel. Et bientôt il ira rejoindre le cimetière marin des naufragés.

De ce scénario, indéfiniment recommencé,

sortira un jour, n'en doutons pas, une démocratie mûrie et vivante. Lassée de croire en vain, lassée surtout d'être trompée, l'opinion ne peut pas ne pas comprendre que c'est folie de vouloir aimer à tout prix un gouvernement, que dans ces affaires-là les sentiments ne sont pas toujours de mise, que la mission d'un gouvernement consiste d'abord à servir et non à plaire, qu'il importe d'être respecté, jugé surtout sur ses actes et dans la durée. Encore faut-il qu'il le soit sagement, au regard du seul critère qui compte : l'intérêt général.

[illegible] nouveaux [illegible] devaient [illegible] Leurs [illegible] [illegible] [illegible] [illegible] [illegible] [illegible] à la [illegible] d'une [illegible] [illegible] le [illegible] et [illegible] sont [illegible] les [illegible] [illegible] de la bien- [illegible] selon [illegible] la [illegible] [illegible] de [illegible] de la [illegible] ces [illegible]

Mais [illegible] ces temps [illegible] avait été importé [illegible] avaient [illegible] la [illegible]. Pas [illegible] sans un [illegible] les idées, justi- [illegible] et les [illegible] de la [illegible] au fond des arrière-boutiques et des provinces la Révolution

4

L'esprit de Cour

Le vice est de tous les temps et de toutes les Cours. Les animaux nobles de La Fontaine, lion ou léopard, devaient composer avec le renard ou le rat. Et Saint-Simon s'étonnait de la bienveillance coupable dont étaient l'objet les traîtres et les félons qui formaient, selon lui, la plus grande part de l'entourage du roi. Sans doute, concluait-il, parce que aucun pouvoir ne peut s'exercer sans ces gens de mauvaise compagnie. Ainsi va la Cour, métaphore de la bonne conscience de tous ceux qui, vivant dans l'orbite du pouvoir, en retiennent les droits mais jamais les devoirs.

Mais ne pensions-nous pas que ces temps étaient révolus, que la Cour avait été emportée avec l'Ancien Régime ? Les Lumières avaient remis au pouvoir le sceptre de la morale. Pas d'autorité sans vertu. Pas de pouvoir juste sans un prince philosophe. Coupant les têtes, fustigeant les excès et les débordements de la monarchie, traquant le vice jusqu'au fond des arrière-cours et des provinces, la Révolution avait voulu imposer le règne de la vertu. La République serait forte, parce qu'elle serait irréprochable. Le sang et la mort pour les corrompus. Les discours enflammaient les cœurs et précipitaient le couperet. On ne guillotinait pas, on élaguait les mauvaises branches ; on n'assassinait pas, on pourfendait l'hydre du vice ; en bref, on aimait l'Homme, non les individus. Le pouvoir était entre des mains blanches. Robespierre appelait à combiner « la vertu, sans laquelle la terreur est funeste ; la terreur, sans laquelle la vertu est impuissante ». Pourtant, l'Incorruptible eut à son tour la tête tranchée, et l'absolutisme de la vertu tomba avec elle. Puis la Révolution s'adoucit, entraînant avec elle le reflux des passions. Le pouvoir passait aux survivants, de la Montagne à la Plaine, de Saint-Just à Barras. Comme devait l'écrire Joseph Fiévée, l'ère des intérêts succédait à celle des opinions. L'esprit de Versailles, loin d'avoir été détruit, se métamorphosait, notables au lieu de nobles, esprit de Cour en lieu et place de la Cour. La comédie humaine se poursuivait : toujours la même obsession du pouvoir, la même vanité de distinction, la même peur de perdre sa place, le même goût pervers pour l'intrigue et le complot, la même jalousie pour ce qui brille au firmament de l'État, le même mépris pour le peuple qui avaient caractérisé les courtisans honnis. Si ce n'est que la leçon de la Révolution, en fragilisant la légitimité, allait aboutir à maquiller l'usurpation, virus invisible qui devait par capillarité infecter l'ensemble du corps social. « La vanité est en France la maladie des peuples et des rois », devait constater Rémusat en 1860.

Notre République a-t-elle aujourd'hui mêlé dans le plus profond désordre l'appétit de morale et la résignation au vice ? D'un côté, elle condamne à l'emporte-pièce, lapide dans les colonnes des journaux, s'exclame à la moindre accusation, aboie et tue. De l'autre, elle tolère sans discernement les marchandages et les arrangements, ne s'étonne point des délations, rumeurs et suspicions, de fantasques pérégrinations, de curieuses coïncidences, d'échos des gazettes, de murmures en studio, de conciliabules dans les antichambres et les salons. Elle fait parler les poubelles et les intermédiaires, magnifie gorges profondes et repris de justice.

L'obscurité et la confusion règnent dans les prétoires, sur les plateaux de télévision et dans les cours des palais. Elles gagnent les esprits, troublent les repères. Ne nous y trompons pas : il n'y a de salut que dans le respect sourcilleux de la loi et d'une stricte exigence morale. Si nous voulons renouer avec la volonté et l'enthousiasme, si nous voulons un pouvoir efficace, dont la parole est écoutée et les ordres suivis d'effets, nous devons d'abord retrouver le chemin de la responsabilité. À nous de définir les règles d'une conduite juste, fidèle à nos devoirs, pour ensuite nous y tenir.

Dans ces temps de confusion, où l'artifice

l'emporte souvent sur la réalité, comment creuser le juste sillon de la morale républicaine, sans excès ni complaisance ? En réaffirmant dans *De l'esprit des lois* que, comme le pensaient les Anciens, le principe de la démocratie était la vertu, Montesquieu soulevait un problème qui allait s'avérer délicat pour les régimes modernes. Les politiques d'aujourd'hui, constatait-il, « ne nous parlent que de manufactures, de commerce, de finances, de richesses et de luxe même. Lorsque cette vertu cesse [...] ce qui était maxime, on l'appelle rigueur ; ce qui était règle, on l'appelle gêne ; ce qui y était attention, on l'appelle crainte. [...] Autrefois le bien des particuliers faisait le trésor public ; mais pour lors le trésor public devient le patrimoine des particuliers. La république est une dépouille ; et sa force n'est plus que le pouvoir de quelques citoyens et la licence de tous ».

Si le vice a parfois supplanté la vertu, c'est parce que la politique est souvent devenue un métier et une carrière : « Dans les gouvernements aristocratiques, déplore Tocqueville, les hommes qui arrivent aux affaires sont des gens riches qui ne désirent que du pouvoir. Dans les démocraties, les hommes d'État sont pauvres et ont leur fortune à faire. » On se souvient de Talleyrand s'écriant, alors que le Directoire vient de le faire ministre des Affaires étrangères : « Nous allons faire une immense fortune, une fortune immense ! », tandis que Benjamin Constant s'exclame, en se ralliant à Napoléon : « Servons la cause et servons-nous ! » Aujourd'hui, le pouvoir confère encore un prestige manifeste dans l'obtention de quelques avantages ostentatoires, signes extérieurs de puissance qui enivrent les plus naïfs : voyages, voitures, grands restaurants et grands hôtels, places de concert ou de théâtre ; même pour les plus blasés, tout cela finit par composer un statut. Mandats, nominations, charges et sinécures, les bénéfices s'empilent comme, sous l'Ancien Régime, les abbés de cour collectionnaient les prébendes. Faveurs échangées et services rendus tissent autour de chacun un réseau serré d'obligations réciproques. Les serviteurs du pouvoir et, plus largement, tous ceux qui en vivent, deviennent vite des prisonniers. Ils forment une caste étroite de prêtres attachés à leurs autels, obsédés par leur rang et qui ne cherchent qu'à se maintenir. Ces petites jouissances tournent immanquablement la tête des plus faibles. Et plus le pouvoir se vide de sa substance, plus ils sont légion dans les couloirs des palais à se livrer à la course aux honneurs.

Progressivement, l'esprit de service a cédé la place à l'esprit de Cour. « La Cour, la Cour, la Cour ! Dans ce mot est tout le mal », se plaignait déjà d'Argenson. Fascinante par son luxe, sa puissance, son raffinement, elle était haïe aussi pour ses ridicules, ses gaspillages et son souverain mépris du peuple. Reléguée au rang des accessoires de la monarchie, elle n'en a pas moins hanté l'imaginaire de la Révolution et perverti la République. La précarité grandissante de l'élection a conduit nombre de politiques à privilégier la démagogie, l'immobilisme. La « curialisation » des mœurs est une réalité toujours présente, masquée par « la république des camarades ». La Cour constitue un système légal, à défaut d'être légitime, qui se nourrit du pouvoir et ne peut exister qu'à sa marge. Elle se grossit de rêves misérables et impérieux, se gargarise d'un sourire, d'une parole du « Prince », d'une nomination à une place prestigieuse ou lucrative, d'une décoration ou d'une invitation à dîner, comme on assistait au lever du roi ou à la toilette de Talleyrand. Il s'agit là d'une grille de lecture sociale, cruelle et raffinée, d'une culture d'apparence où le jeu d'un regard suffit à se faire comprendre, à adouber comme à exclure. Les « étranges lucarnes » déroulent une nouvelle « chronique de l'œil-de-bœuf ». Dans la débâcle de nos idéaux et l'essoufflement de notre économie, tout n'est pas perdu pour tout le monde. Une aristocratie prétendument républicaine conforte, contre vents et marées, ses privilèges, tandis que nombreux sont ceux qui contemplent le bal à travers les fentes des persiennes. Tout paraît couvert du manteau d'une morne résignation, mais un murmure gronde, une clameur monte, de plus en plus perceptible. Devant la démocratie confisquée, il est temps de reprendre le chemin de la réforme pour achever enfin l'ouvrage de 1789.

La Cour, inventée par les Valois, portée au plus haut point de perfection par Louis XIV, avait été conçue comme une machine à appauvrir et domestiquer la noblesse : à l'appauvrir en lui imposant un train de vie coûteux pour soutenir son rang ; à la domestiquer en canalisant toute son énergie dans la conquête puis la conservation de distinctions détachées de l'exercice effectif du pouvoir politique. La nouvelle Cour républicaine n'a pas besoin d'appauvrir ses membres, rarement si riches que la République puisse en prendre ombrage, ni de canaliser des énergies dont on doit regretter le manque plutôt que le trop-plein. Mais Cour classique ou Cour moderne dispense faveurs et distinctions. Les adoubés subordonnent tout à la sauvegarde de leur position, ce qui explique leur hostilité au changement et au mouvement.

Accoutumés à calculer toutes leurs actions, à se laisser guider par la seule boussole de l'intérêt, les courtisans se sont particulièrement bien adaptés à une époque où la logique du profit l'emporte sur toute autre, où les grands entrepreneurs apparaissent comme les nouveaux maîtres d'un monde dont ils maîtrisent les codes à défaut de pouvoir en dicter les règles. Et pourtant la Cour, comme autrefois, reste éloignée du réel, obsédée par ses logiques internes de pouvoir, plongée dans un univers essentiellement symbolique et conventionnel. C'est pourquoi les courtisans sont si souvent accusés de faire écran entre le peuple et le Prince. Lorsque ce dernier est fermement assuré sur son trône et doté de force d'âme, il sait porter son regard au-delà de ses entours, mais quand le trône chancelle, la coterie se resserre de plus en plus autour des rayons mourants du Soleil, tendant avidement ses mains insatiables pour essayer de dérober un peu de chaleur à l'astre qui s'éteint.

Le narcissisme de cette Cour, tournant sur elle-même, égocentrique et superficielle, ne pouvait que se satisfaire du développement de la société de l'image. Puisque la réalité nous échappe, saisissons-nous de son reflet. Depuis que la Cour existe, l'ambition suprême de l'amante du pouvoir reste d'être admise dans l'intimité du Prince. François Mitterrand en jouait avec maestria. C'était à qui dînerait ou se promènerait avec lui, chuchoterait dans les couloirs et les travées, la tête penchée vers le sphinx. Des images volées ou données, pour ne pas dire octroyées, élevaient l'un, précipitaient l'autre. À ce registre classique, la modernité a ajouté la nécessaire séduction de l'opinion par le truchement des fées cathodiques. La Cour participe donc puissamment à la personnalisation de la vie politique : les idées comptent moins que les sentiments, la conviction que l'apparence, la décision que la maîtrise de l'information. À la faveur de cette dérive, le courtisan lui-même se retrouve souvent sous les feux de l'actualité : en embuscade, les médias regorgent de tuyaux, échos, potins, bruits et commérages. L'éclat de leur miroir est irrésistible pour les alouettes et seconds couteaux dont l'influence dépend de leur capacité à se situer au croisement des deux nouveaux glaives, politique et médiatique. Déjà, aux XVIIe et XVIIIe siècles, pamphlets, chansons et rumeurs alimentaient les canaux privilégiés de leurs cabales, et il n'existait pas de cercle curial sans ses plumitifs à gages capables en une nuit de tourner un couplet satirique ou de trousser une épigramme. Plus de chansons aujourd'hui, mais des images. Plus de libelles, mais des dépêches de presse. Un visage aperçu fait la gloire de l'un ; une main refusée signifie la déchéance de l'autre. Les mêmes mécanismes demeurent à l'œuvre, sur des supports de synthèse.

Le ressort essentiel de la Cour royale était jadis le système des rangs, une hiérarchie complexe et raffinée où chacun s'efforçait de se situer, puis de s'élever. Il est impossible, s'insurge Saint-Simon, « que tout soit égal devant le roi. Sa grandeur et sa majesté consistent dans l'inégalité de tous ses sujets en sa présence. Son trône en est l'image par les degrés pour y monter. Point d'ordre sans gradations, sans inégalité, sans différence ». Autour de tout pouvoir se met en place une échelle des honneurs parallèle aux rouages de la décision et de l'action. Ce procédé s'est maintenu en France avec l'attachement à la hiérarchie et aux distinctions, censées récompenser des mérites.

Or, aujourd'hui, la verticalité se trouve de plus en plus contrariée. Aucun ordre ne peut plus venir directement d'en haut sans passer par le tamis de cent intermédiaires. Faute dc commander, on recommande, ou bien on suggère des orientations. Le pouvoir s'est dilué dans les sables de la reconnaissance médiatique. La Cour, loin d'être perdue, prospère dans ce nouveau monde car elle a précisément toujours fonctionné dans l'opacité et en réseaux, familiaux ou provinciaux sous l'Ancien Régime, partisans ou syndicaux, trotskistes ou maoïstes sous la République. La logique reste toujours la même, car propice à l'intrigue et conforme au marchandage de services et de faveurs qui tissent les relations de Cour. En outre, ce système favorise une large irresponsabilité : la décision n'émanant jamais de quiconque, chacun s'en réclame en cas de succès et la renie en cas d'échec.

La stigmatisation de l'influence néfaste de la Cour constitue l'un des plus anciens poncifs de la littérature politique, et même de la littérature tout court. Avant Chateaubriand, le grand Corneille a lui aussi enragé de voir l'aristocratie tomber dans « l'âge des vanités ». Dans *Pompée*, Cléopâtre adjure le roi d'Égypte de cesser « d'écouter ces lâches politiques qui n'inspirent aux rois que des mœurs tyranniques » ; elle le presse avec éloquence : « Affranchissez-vous d'eux et de leur tyrannie/Rappelez la vertu par leurs conseils bannie. » Pour l'honnête homme, la Cour apparaît dès l'origine comme le lieu de toutes les dépravations, la sentine de tous les vices, à commencer par l'hypocrisie. Alceste, dans *Le Misanthrope*, l'exprime sans ambages :

Le Ciel ne m'a point fait, en me donnant le jour,
Une âme compatible avec l'air de la cour ;
[...] *Être franc et sincère est mon plus grand talent ;*
Je ne sais point jouer les hommes en parlant ;
Et qui n'a pas le don de cacher ce qu'il pense
Doit faire en ce pays fort peu de résidence.

L'esprit de Cour se situe donc aux antipodes de la vertu, trahissant l'idéal chevaleresque du premier âge de l'aristocratie. La Cour ne se soucie pas de morale ou d'éthique, d'honneur ou de mérite, sauf pour les porter en sautoir, les revendiquer sans les pratiquer. À ces valeurs qu'elle juge dépassées elle oppose une autre légitimité : son sens de l'actualité, sa maîtrise des codes contemporains. Toujours à l'avant-garde, prodigieusement malléable grâce à la souplesse de son échine, sautant d'un trapèze à un autre, sans regarder en arrière ni en dessous, elle sait bénéficier dans tous les cas d'un filet de protection. Sa plus grande force réside dans sa capacité d'adaptation et de renouvellement.

C'est pourquoi elle ressuscite dès le Directoire, puis traverse toutes les époques pour s'épanouir magnifiquement aujourd'hui. « Peuple caméléon », dit justement La Fontaine de la foule des courtisans. Pour survivre dans ce milieu, où la civilité sert de paravent à la cruauté des mœurs, la duplicité demeure un atout maître. Malheur à celui qui n'avance pas masqué. Il se voit menacé du sort d'Usbek, narré par Montesquieu au début des *Lettres persanes* : « Je parus à la Cour dès ma plus tendre jeunesse [...] j'osai y être vertueux [...]. Je portai la vérité jusqu'au pied du trône, j'y parlai un langage jusqu'alors inconnu [...]. Mais [...] je vis que ma sincérité m'avait fait des ennemis ; que je m'étais attiré la jalousie des ministres sans avoir la faveur du Prince. »

L'hypocrisie des usages entretient ainsi une culture d'apparence, une esthétique de séduction, une logique d'intrigues en adéquation presque miraculeuse avec les fausses valeurs de la société médiatique. Aujourd'hui, le caméléon sait si parfaitement se fondre dans son époque que la Cour en est même arrivée à épouser le parti de la vertu outragée. C'est sa dernière et peut-être sa plus géniale métamorphose : elle, la vieille ennemie jadis asservie, épouser l'opinion pour retourner en sa faveur le miroir de la légitimité, quel magnifique coup de théâtre ! Voici donc l'étourdissante parade des nouveaux héros médiatiques, marginaux de la politique, moralistes de holding et repentis de la dernière heure.

Masques tragiques et cothurnes, drapés antiques et chœurs accusateurs, le spectacle est garanti. Sur cette nouvelle scène, les premiers rôles appartiennent au couple, désaccordé mais complice, du juge et du journaliste.

Chacun incarne à sa manière deux valeurs de la démocratie moderne que la France avait largement tenues en lisière : l'État de droit et la transparence. En réaction contre la vertu sanguinaire des Saint-Just et des Robespierre, notre modèle s'était efforcé de substituer, dans la lignée des Lumières, la raison à la morale comme principe directeur. Ce choix fondateur s'est naturellement trouvé décliné dans le fonctionnement des institutions : choix de la représentation du peuple par des hommes éclairés ; conception univoque de la vérité en politique, qui doit se prouver et s'éprouver à l'aune du bon sens ; tentation permanente, en conséquence, d'excommunication des opinions dissidentes, qui avait déjà saisi la « secte » des philosophes du XVIIIe siècle, acharnée contre ses détracteurs ; large indifférence aux procédures et aux vertus privées des hommes politiques, les institutions ayant un rôle purement instrumental. Demande-t-on à un ordinateur s'il est vertueux ? Ce modèle a mal résisté à la faillite de l'idéal de progrès et, partant, de la raison promue par les Lumières au rang de moteur de l'Histoire. Dès lors, l'étendard en lambeaux n'a plus permis de couvrir les turpitudes du système. Aussi l'irruption de la morale et de la transparence était-elle prévisible. Cette rencontre entre une tradition d'opacité et les valeurs de la démocratie moderne ne pouvait que produire un spectaculaire embrasement.

L'État de droit a longtemps été en France un sujet de préoccupation secondaire. À l'inverse des sociétés anglo-saxonnes, fondées sur le droit des contrats, qui appelle naturellement la régulation par le juge, notre système privilégie la souveraineté de l'État : « La loi, expression de la volonté générale » peut tout, à tout moment, et comme elle l'entend, et même faire fi de la Constitution. La garantie des libertés passe par elle, c'est-à-dire par le Parlement, plutôt que par le juge. C'est seulement depuis 1958 qu'une forme de contrôle de la loi s'est mise en place avec la création du Conseil constitutionnel ; encore s'agit-il d'un recours dont l'exercice est laissé à l'initiative d'autorités politiques et d'élus, et qui reste donc inaccessible au simple citoyen. De même, le Parlement avait-il traditionnellement le dernier mot sur le juge, sauf au pénal, et ne se privait pas de le dire, attestant que la justice n'était qu'un pouvoir subordonné ou, pour reprendre la terminologie de la Constitution de 1958, une simple « autorité ». Aussi le pouvoir a-t-il longtemps considéré que la justice ne devait être qu'un instrument de son action, au même titre que l'armée ou la police, conception qui a entraîné une relative politisation des carrières des magistrats.

Au nom des intérêts supérieurs de l'État, la

transparence a dès l'origine fait figure de parent pauvre de notre vie publique ; pendant longtemps, le secret a paru nécessaire à l'exercice du pouvoir. Bien entendu, la liberté de la presse et son pluralisme sont protégés par la loi, de même que la liberté d'expression, mais la force de cette affirmation n'a pas grand-chose à voir avec le caractère quasi religieux qu'elle revêt aux États-Unis. Si la presse, forte de cette liberté conquise au long du XIXe siècle, s'est rapidement montrée très active dans la dénonciation des scandales politiques, les électeurs demeuraient, pour l'essentiel, les seuls juges. Avec le développement des moyens de communication audiovisuels, étroitement dépendants du pouvoir pendant plusieurs décennies, le gouvernement a ensuite disposé d'un contrôle direct sur les vecteurs d'information qui s'adjugeaient la plus large audience.

Rien de tout cela ne pouvait durer : un relatif perfectionnement de l'État de droit, une plus grande transparence de la vie publique sont des bienfaits qui ont été trop longtemps différés. Faute d'avoir su anticiper et remettre en cause une longue tradition de compromis, la classe politique paie aujourd'hui chèrement le prix de son erreur. L'ajustement s'effectue donc dans la douleur et dans la violence. La loi d'amnistie de 1990 n'a jamais été perçue autrement par l'opinion publique que comme un dédouanement facile et coupable. À ce moment, la majorité en place croyait encore être en mesure de tourner la page. La réaction du peuple l'a détrompée. Désormais, le pouvoir sera constamment soupçonné de ne chercher qu'à protéger ses intérêts. En cherchant à se mettre à l'abri, il a découvert son flanc à la meute des accusateurs de tous poils. Il est depuis lors mis en doute par principe, coupable d'avance, tel l'agneau de la fable : « Si ce n'est toi, c'est donc ton frère. – Je n'en ai point. – C'est donc quelqu'un des tiens. » Traqué, mitraillé par les flashes des appareils photographiques, fixé par l'objectif des caméras, criblé de mises en examen comme d'autant de banderilles, voyez le politique, sous la lumière aveuglante des projecteurs, au poste de police ou au sortir de la Santé, escorté par ses avocats en robe noire : n'a-t-il pas déjà l'air d'un coupable ? Comment le public ne confondrait-il pas condamnés et mis en examen ou simples suspects en détention « provisoire » ? Désormais, les Français exigent des dirigeants frugaux, moines-soldats de la politique, au risque de se tromper sur les apparences. La rengaine du « Tous pourris ! » tourne en boucle sur les écrans, refrain simpliste où s'engloutit la chose publique. Et plus on s'élève dans la hiérarchie, plus la suspicion grandit, jusqu'aux marches du palais où le Prince constitue un bouc émissaire facile de toutes les rancœurs et frustrations. Le système, on le voit, est vulnérable, et bien des acteurs ou intermédiaires sont tentés d'en profiter pour satisfaire leurs basses ambitions. Face à un système médiatique naturellement porté vers la quête du sensationnel, comment ne chercheraient-ils pas à utiliser les « affaires », distillant eux-mêmes petites et grandes phrases, orientant le jeu, quand ils ne sont pas personnellement à la manœuvre ?

Quand le politique se trouve ainsi déconsidéré, le journaliste, du bon côté du micro, de la caméra ou du stylo, parvient à se cacher derrière le miroir qu'il affirme tendre au bord du chemin, devenant lui-même transparent au nom de la transparence, nécessairement objectif puisqu'il ne fait qu'informer. Quel contraste aussi avec les juges qui, sous l'apparat de leurs hermines et de leurs palais, ont conservé la meilleure part de la fonction publique, et jouent à la fois de la proximité avec le citoyen et de la distance qu'imposent leur dignité extérieure et la noblesse de leur combat ! Derniers détenteurs de l'aura, ils incarnent en même temps les défenseurs des petits et les gardiens de la plus haute vertu. Inaccessibles à la critique, ils s'érigent en dernier rempart de la moralité publique. Bien sûr, il ne faut pas tomber dans le piège d'une diabolisation à l'envers car la fonction est haute et noble, dans la majesté de celui qui dit le droit avec sérénité, fidèle à l'esprit d'impartialité et d'équité. Mais quand certains cèdent à la pression médiatique, aux lynchages précipités et commodes, aux accusations à l'emporte-pièce, à la tentation des informations livrées en pâture aux médias, ils font – mais en ont-ils conscience ? – le jeu des vieux démons français. Le ménage dans les écuries d'Augias, à l'affût des trafics d'influence et de la corruption, ne se fera pas à grands coups de bourrasques médiatico-judiciaires. Il faudra du temps, de la distance et surtout de l'équanimité. La justice ne peut être rendue qu'à l'écart des rumeurs, des suspicions et de la jalousie.

Ce cercle de fer, nul ne sait encore comment il sera brisé ni si la démocratie en sortira indemne. La construction d'un nouveau modèle, où les droits du citoyen équilibreraient enfin les droits de l'État, est donc en jeu. Mais seuls les scandales suscitent l'intérêt, l'attention ne se focalisant que sur les visages défaits des prévenus. Tandis qu'un autre édifice doit être bâti, nous errons dans un dédale de souterrains obscurs. L'ouvrage ne manquerait pas d'être salutaire s'il devait servir le droit. Mais il se révèle dévastateur quand il procède du ressentiment et de la mise au pilori, violant la présomption d'innocence et le secret de l'instruction. Dès lors les conditions du débat sont viciées, tant les « affaires » empoisonnent le climat et polluent toute discussion, empêchant le politique de renouer avec la noblesse de sa mission et donnant libre cours aux ambitions personnelles qui autorisent toutes les manipulations.

Les citoyens, déboussolés, stupéfiés, à l'étroit et à tâtons entre les murs d'une conscience désertée par les prophètes, contemplent incrédules et sans voix le tableau que leur offrent justice et médias, ces gigantesques chambres d'écho qui s'abritent derrière une redoutable statue du Commandeur, l'Opinion, ce spectre aux contours changeants. Les ressorts grincent, la vue se brouille, les héros sont fatigués. Il y a du désespoir dans ces nouvelles mises en scène : de la célébration du corps du roi ou de l'unité de la nation, nous passons au spectacle d'affrontements et de divisions tranchées. Sur les nouvelles places de Grève, le couperet tombe en direct, comme s'il fallait des victimes expiatoires, une catharsis, un sacrifice, pour espérer le retour à l'ordre.

Faute de règles du jeu adéquates, le droit devient moyen quand le juge se dépouille de son rôle d'arbitre pour revêtir la tunique de combat du justicier. Le plus souvent, il se met au service d'une croisade menée au nom de la morale alors que sa légitimité ne repose que sur le respect de la loi. Les médias, de leur côté, honorent leur métier lorsqu'ils enquêtent et informent ; la quête de l'image révélatrice, de l'information exacte, de la parole puisée à la source, s'inscrit bien entendu dans une éthique de vérité. Mais certains journalistes ont du mal à résister à la tentation de passer de l'autre côté du miroir, de faire la politique au lieu de la présenter, de peser sur l'opinion en choisissant le moment où une information est jugée bonne à livrer, quand elle n'est pas au contraire carrément occultée. De même que dans les procédures judiciaires des options en apparence de pure technique juridique pèsent définitivement sur le fond d'un dossier, la rédaction d'un journal d'information peut se montrer d'une rigueur variable quant au choix des titres, au sérieux des vérifications et à la qualité des sources : une rumeur peut être décrétée invérifiable et donc impossible à diffuser, comme on peut affirmer que, puisqu'on ne peut la vérifier, il faut la publier en l'état, quitte à démentir beaucoup plus tard, en page intérieure et en petits caractères. En dépit de la vulgate de l'indépendance quotidiennement martelée, les médias sont des activités capitalistiques placées sous la tutelle de grands groupes industriels et financiers, au cœur des jeux de pouvoir et d'intérêt. Cette domination, qui sait rester discrète, se double à l'intérieur même des rédactions de nombreux réseaux et solidarités ignorés du lecteur, obéissant à des logiques propres. Le déclin de la presse d'opinion, depuis une génération, a encore contribué à opacifier la situation en enlevant aux rédactions leur orientation politique affichée, qui avait l'avantage de la transparence et de la subjectivité assumées.

La connivence entre certains juges et journalistes, si elle permet de rendre beaucoup plus difficile l'étouffement de dossiers « sensibles », redouble les dérives. Elle nourrit la confusion entre des « affaires », portées par le roulis de la rumeur, et la justice, qui recherche l'application de la loi. En dehors de tout contrôle, débarrassés de toute hiérarchie, irresponsables comme la Cour, s'appuyant en direct sur l'opinion qu'ils hypnotisent, les comparses partent en guerre, forts de leur position et de leur statut. La justice ne se rend plus lors du procès, d'où doit jaillir une vérité, mais dès l'instruction, lorsqu'un juge solitaire s'élit maître du jeu en distillant des informations en principe couvertes par le secret de la procédure pour s'assurer l'appui de l'opinion ou céder au vertige de la notoriété. De même, les médias ne communiquent pas toujours des données prouvées et recoupées au terme d'un patient travail de collecte, mais après une investigation nourrie de fuites savamment calculées, étayées par des dénonciations anonymes ou des sources « bien informées ». Le jeu est rendu plus complexe encore par les stratégies diverses des différents acteurs qui ont accès au dossier d'instruction : mis en examen, parties civiles, mais aussi magistrats du parquet, dont l'unité apparente masque parfois de féroces dissensions. Dans ce contexte, le jugement de l'opinion est fixé avant même la mise en examen. Un non-lieu ne suscite qu'une indifférence polie, les médias se gardant d'en faire état à la une où seul le sensationnel a sa place. La flétrissure initiale n'est donc jamais réparée : peut-on rendre sa fraîcheur à une fleur fanée ?

Au loin scintillent les mirages flatteurs de la démocratie directe, justice hors des palais, médias tout-terrain, acteurs de plein droit ou autoproclamés, débarrassés des codes et des procédures, en guerre avec les pouvoirs traditionnels, peu soucieux de rechercher la vérité. Pauvre démocratie, laissée-pour-compte de toutes ces joutes qu'on mène en son nom, mais où le spectacle devient la fin suprême : orchestration des passions, mise en exergue des tensions et des rapports de force, lutte des pauvres diables avec l'ange purificateur, avec la morale exterminatrice. Combat inégal car, du haut de son prétoire ou de sa tribune, le juge et le journaliste n'ont jamais à se justifier ni à rendre compte ; il leur suffit de jeter en pâture.

Le politique se trouve perdu au milieu de ces complots d'images, de ces bruits et artifices. Il doit s'expliquer sans relâche pour bien peu et bien mal convaincre. Sa parole est muselée par l'impasse des idéologies, sa crédibilité contestée face aux grands problèmes de l'heure, ses marges de manœuvre laminées par des réalités oppressantes. De cette confusion des rôles où les légitimités s'inversent et les pouvoirs s'affrontent à l'aune du regard public, la démocratie peut-elle sortir grandie ? La sainte alliance de la justice et de la presse rappelle la seconde moitié du XVIIIe siècle, lorsque parlements et philosophes appelaient à grands sons de trompe à la curée de la monarchie. Comme en 1788, elle est commandée par une conjonction d'intérêts et une volonté de revanche, en réaction à leur ancienne soumission. Comme en 1788, il est à craindre que le peuple ne soit une nouvelle fois la dupe : sous prétexte d'abolir les privilèges et d'abaisser la Cour, il s'agit en réalité de se refaire une virginité en vouant l'Ancien Régime aux gémonies pour établir la domination d'une nouvelle oligarchie. Dans certains cas, la presse procure au juge une publicité en toute impunité, tandis que celui-ci lui octroie une crédibilité et des recettes supplémentaires. Chacun renvoie l'ascenseur et glorifie le rôle de son allié, dans une même irresponsabilité de fait.

Des médias sont tentés de distiller l'information pour la faire bondir ou rebondir, pour nourrir toujours plus le spectacle, plus fort et plus grand. Il est difficile, dans ce contexte, de satisfaire à l'impératif de vérité ; il suffit parfois d'apparaître vraisemblable, de mettre en avant sa bonne foi, sa liberté et son indépendance, de crédibiliser ses sources pour fixer le vrai et le faux. D'autant que l'urgence est l'une des clés de la perversion du système. Il s'agit de faire vite, avant les autres. Une nouvelle chasse l'autre, et trop souvent la mauvaise chasse la bonne. Aussi les médias se sentent-ils moins tenus d'expliquer, de relativiser, en comparant ou en mettant en perspective. La rançon de l'accélération du temps médiatique est l'érosion de la déontologie. Sous la pression de la rédaction et de ses lecteurs, le journaliste d'investigation consacre beaucoup de son temps à entretenir son réseau, se bornant parfois à répercuter des rumeurs. On assène, on s'étonne, on se scandalise. Censeur ou complice, la presse participe aux jeux d'un pouvoir qui lui manifeste sa méfiance ou sa sympathie, quand ce n'est pas de la complaisance. Éclairer les situations et les choix devient moins important que retenir l'attention, occuper l'espace en faisant de l'information le lien social dominant, brassé par les vents et les passions de l'époque, riche en suspenses, en débats, en rebondissements. Tout se trouve grossi, déformé et en même temps simplifié, personnalisé, car il faut en permanence et plaire et frapper les esprits. La multiplication des événements donne au journaliste le sentiment d'agiter le feu et la poudre qui font tourner l'univers. Il éprouve le sentiment prométhéen de tout savoir, de tout comprendre, et de pouvoir tout juger avant tout le monde. Il a aussi le souci de se valoriser par le ressort de la surprise et du drame. Pour la petite et la grande actualité, les médias n'hésitent pas à s'engager sur la voie de l'amalgame, des accusations et des offenses, du couronnement d'épines jusqu'à la crucifixion.

Quant aux juges, comment pourraient-ils jouir de la sérénité nécessaire quand ils doivent s'allier avec la presse pour compenser le statut subordonné qui leur est concédé dans notre pays ? Car le drame de la justice d'aujourd'hui réside dans le fait qu'elle a pris son indépendance – en dépit des apparences – dans le cadre d'une soumission au pouvoir démocratique définie au XIXe siècle. Comment la justice pourrait-elle inventer d'elle-même un nouveau modèle, intermédiaire entre la tradition française de sujétion et le pouvoir judiciaire à l'anglo-saxonne, assis sur une organisation, des procédures et des modes de recrutement tout à fait différents ? Cette tâche ne pourrait incomber qu'au politique. Pourtant, il faut bien s'interroger sur le rôle du juge d'instruction, personnage central de l'institution judiciaire, alors que ces fonctions sont souvent confiées à des magistrats inexpérimentés. Faudra-t-il prévoir une certaine dose de procédure accusatoire, à l'américaine, dans notre pratique traditionnellement inquisitoire ? Faudra-t-il introduire la collégialité ou réserver l'instruction à des magistrats chevronnés, comme c'est aujourd'hui le cas – avec des résultats remarquables – dans la lutte contre le terrorisme ? Nous devons trancher ces nœuds car l'actuelle guerre des pouvoirs fait le lit des ennemis de la République.

Ces liaisons dangereuses ne sont pourtant que la forme actuellement visible d'une Cour dont les rouages se sont enchevêtrés depuis plusieurs siècles dans l'obscurité. Boyaux et souterrains relient dans une architecture complexe, à la Piranèse, des milieux différents que seuls rassemblent le goût du pouvoir et le sens de la mise en scène. Jadis, la Cour, tel l'enfer de Dante, se composait de plusieurs cercles concentriques, d'importance certes décroissante mais unis par les ramifications immenses d'un même système. Aujourd'hui, ces cercles variés, et en apparence hétéroclites, s'agrègent par de puissantes solidarités d'intrigue et d'intérêt. La tradition d'interventionnisme étatique et la proximité entre classe politique, haute fonction publique et monde des affaires ont largement contribué à propager l'esprit de Cour en dehors de son milieu naturel d'élection, les entourages immédiats des centres de décision. De ce fait, la Cour est particulièrement bien préparée au phénomène de déplacement de la puissance qui accompagne aujourd'hui la mise en question du pouvoir politique : de longue date, elle a investi les entreprises, les syndicats ou les milieux culturels.

Parti d'un foyer central, l'esprit de Cour se diffuse donc à l'ensemble de la société : « Ainsi que le mauvais air [...] enfermé dans un coffre, infecte souvent une maison, la contagion de laquelle met ensuite la peste dans toute la ville, ainsi, les intrigues des Cabinets, notait déjà Richelieu, remplissent souvent le cœur des princes de partialités, qui troublent enfin le corps de leurs États. » L'autocratie, cette maladie proconsulaire, prospère partout : à la tête des régions ou des départements, dans les grandes entreprises, publiques ou privées, industrielles ou de services, dans les couloirs des musées et des institutions culturelles, dans les galeries ou les salles de marché, les antichambres et les salons, dans les bureaux des proviseurs et des doyens, sur les marches des palais. Au faîte de la nouvelle puissance, l'entreprise n'est pas immunisée contre le développement de cette société de Cour : un chef doté d'un pouvoir absolu mais qui peut être renversé par une révolution des grands féodaux – le conseil d'administration –, un premier cercle de conseillers qui se poussent du col pour accéder au dauphinat, une aristocratie – l'encadrement – avide de nouveaux privilèges, un tiers état – employés et ouvriers – capable de bloquer la machine par la grève. Mais le virus curial est également le lot commun dans le monde intellectuel, où la dépendance ancienne vis-à-vis du pouvoir politique, dispensateur de statuts, décorations, subventions et prébendes, est dépassée par la fascination à l'égard de médias pourvoyeurs d'image, de notoriété, donc de public. Le royaume de la faveur, « la grande divinité des Français » que dénonçait Montesquieu sous la plume du Persan Usbek, installe sa tyrannie et désespère le mérite, pourtant affiché comme la pierre angulaire de la République. Rien n'a changé depuis les *Lettres persanes* : « Souvent, disait alors Montesquieu de Louis XIV, il préfère un homme qui le déshabille, ou qui lui donne la serviette lorsqu'il se met à table, à un autre qui lui prend des villes ou qui lui gagne des batailles. »

L'esprit de Cour est aussi puissamment contagieux. Sous-cours et basses-cours se mêlent et s'entremêlent en cercles associés, confidents ou obligés. Les complicités au gré des calculs et des ambitions se nouent, saintes alliances ou troubles allégeances, officielles ou clandestines, du politique au journaliste, du juge au policier, en passant par l'homme d'affaires, par petits clans ou en réseaux. Peu à peu ces complicités dégénèrent de simples manipulations en complots ; elles entretiennent une culture de la délation où la fin justifie les moyens. À charge pour la justice de débusquer les affaires en recueillant, comme la gueule du lion à Venise, dénonciations et lettres anonymes ; à charge pour la presse d'ébruiter et d'amplifier, au nom de la morale et de la salubrité publiques. Comment s'étonner du développement d'un climat de pourrissement, de surenchères en règlements de comptes, dès lors que l'enfermement de la Cour autorise le jeu savant de rapports de force ou d'intérêts, quand chacun affûte ses couteaux et graisse ses fusils, dénombre ses alliés et ses chances, sans risquer jamais d'être pris ?

Profondément vicieux, l'ennemi invisible cadence la marche du pouvoir au rythme d'une valse à quatre temps : suspicion par la contestation de sa légitimité, accusation par la mise en cause de sa capacité de décision, révolution puis recours au sauveur, les Napoléon, Clemenceau ou de Gaulle. À peine ceux-ci sont-ils en place que la Cour n'a d'autre ambition que de les accaparer, de couper le cordon entre le prince et le peuple pour mieux l'isoler et occuper l'espace vide. L'usure du pouvoir commence par celle de l'enthousiasme. D'un régime à l'autre, l'élan se corrode, rongé par l'acide critique et le désenchantement. La Cour étouffe les personnalités, leur force, leur originalité. Ceux qui sont entrés dans la carrière avec la foi, avec une lueur d'espoir, avec un peu de l'énergie du désespoir, sont vite brisés, phagocytés, intégrés par le système ou blasés, comme ces anciens révolutionnaires sous le Directoire, honteux de leur crédulité de naguère : « On ne saurait, confie Tocqueville, imaginer combien le ressort des âmes les plus fortes se brise dans cette chute. »

Au bout du compte, la Cour l'emporte souvent : en jouant sur les claviers de la séduction et de la crainte, elle exalte l'imaginaire, au besoin l'invente, suscitant ainsi désillusion et frustration génératrices du chaos ou d'une poussée révolutionnaire dont elle s'empresse encore de tirer avantage. Alors elle érige la peur en bouclier de sa survie, avec le même sang-froid que celui utilisé pour créer le désir, favorisant l'avènement de son candidat et assurant le triomphe de ses intérêts. La Cour retombe sur ses pieds, récupère sa mise, châtrant l'idéal, empêchant le progrès tout en prétendant le servir, flattant la vanité et usant du soupçon, érigeant en veau d'or le pouvoir pour le pouvoir, les caresses, le succès, la faveur, au service de la conservation des positions acquises, le tout dans une hostilité farouche à la réforme qu'elle feint d'appeler de ses vœux pour mieux l'écarter.

Facteur aggravant, s'il en était besoin : dans sa voracité, le virus de Cour a gagné les cercles de ceux qui, depuis des siècles, se tenaient fièrement à l'écart du tumulte du pouvoir. Et pourtant l'influence salubre de ces voix manque peut-être plus cruellement que jamais. Changeante, bruyante, confuse, l'époque inquiète, l'époque déroute. Chacun s'accroche où il peut, guette amers, phares et balises. Mais, dans la nuit des synthétiseurs ou des rayons laser, tout se bouscule et se mêle : feux follets accaparés par les jeux de pouvoir, feux d'artifice tout au plaisir du spectacle d'un siècle balbutiant.

Où sont donc les clercs de jadis, ces consciences libres qui se tenaient au-dessus et à l'écart, défrichant le chemin, éclairant l'horizon, dédaigneux des hochets et des médailles ? Comment entendre leur parole, bouche d'ombre, dans cette société où l'image écrase la réalité et où le signe déborde le message ? À la longue, l'intellectuel court le risque de se fondre dans la lumière d'ambiance, de devenir un élément du décor parmi d'autres. Par son indignation, que chacun partage mais dont il ne tire aucune conclusion, ses erreurs, dues à sa méconnaissance de la réalité complexe du pouvoir et qui ternissent sa légitimité, ses poses qui agacent, sa voix paraît de plus en plus condamnée à prêcher dans le désert. Misère du philosophe, qui est notre propre misère, notre propre désarroi devant un monde sur lequel nous n'avons apparemment plus de prise. Il ne lui reste alors que la revendication de la subjectivité, puisqu'il est désormais si difficile de parler au nom des autres. Mais comment concilier la personnalisation même du propos avec le statut qui, en France, demeure celui de l'intellectuel ? Figure emblématique du contre-pouvoir depuis le XVIIIe siècle, allié ou miroir du politique, voire proche du Prince – tels Voltaire ou Diderot –, le penseur s'est mué en pouvoir à part entière, pouvoir tacite, pouvoir d'influence, sollicité du matin jusqu'au soir pour signer des pétitions, commenter, interpréter, critiquer. Et que dire de ces faux prophètes qui jugent de tout avec d'autant plus de force que leur bagage est mince, hallucinés par l'éclat des flashes, ou de ces idéologues qui dispensent louanges ou blâmes ?

Même si les hommes de culture ont eu souvent du mal à se défaire des mirages de la vanité, même s'ils n'ont pas été insensibles aux appâts du pouvoir, ils ont longtemps porté les espoirs de la société, essayant d'élargir la conscience aux grands défis de la liberté, de l'injustice, de la souffrance, l'habillant d'idéal – de Rabelais ou Montaigne à Voltaire, de Diderot ou Rousseau jusqu'à Péguy, Gide, Bernanos, Malraux, Camus ou Char : toutes âmes en mouvement, tourmentées ou apaisées, portant les traditions intellectuelles de la Renaissance à l'*Encyclopédie*, cherchant la voie, ouvrant des pistes, négociant des passages, installant des repères pour tenir l'homme debout dans le fracas du monde. Esprits critiques, grandis par la quête, par l'examen et par le voyage, enrichis par la tolérance, la confiance dans l'homme et dans le progrès. Esprits vivants, à l'image de Voltaire, revenu de toutes les Cours, de France ou de Prusse, et qui, faute de pouvoir conseiller les princes, choisit de se retirer à Ferney pour cultiver son jardin.

Les « bien-pensants » auxquels Bernanos réservait ses flèches les plus acérées, affirmant « jamais, jamais, jamais, je ne me lasserai d'offenser les imbéciles », prétendent aujourd'hui, ultime perversion et dernière usurpation, assurer leur succession. Sur les décombres de la loi morale s'instaure subrepticement un véritable ordre moral. La liberté de tout dire débouche sur une impitoyable censure. Ce n'est pas le moindre paradoxe de ce qu'on appelle la « pensée unique », dont la marque est le rejet des grands systèmes d'explication globale du monde et la marginalisation de toute originalité au nom d'un consensus lénifiant. Pourtant l'impératif d'indépendance et de mobilité de la pensée n'a jamais été aussi capital pour tenter de ressaisir un monde chaque jour plus fuyant. Ce lourd présent qui semble éternel ne sera brisé que par les armes de l'esprit. Pour forger le glaive susceptible de trancher de tels nœuds, nous devons réapprendre à boire aux sources vives de notre passé : de ce grand héritage, nous devrons façonner un bagage à emporter, tel Montaigne, puis hisser une voile guidée par le souffle de nos clercs.

« Le peuple, prédit Tocqueville, ne pénétrera jamais dans le labyrinthe obscur de l'esprit de Cour. » On peut cependant avoir l'ambition de lui fournir le fil d'Ariane pour débusquer le Minotaure. Pour cela, il faut d'abord dénoncer, car il en est encore temps, les complots qui se trament, les appétits qui s'aiguisent, les ambitions qui s'affûtent. La Cour, comme dans les années 1780, veut aujourd'hui prendre sa revanche sur un pouvoir qui l'a longtemps avilie et brimée. À la veille de la Révolution, devant la faiblesse dans laquelle était tombée la monarchie, elle rêva de le conquérir, se déchirant comme jamais – Marie-Antoinette, cornaquée par les Polignac, se piquait d'influencer le roi et ses ministres, des cabales faisaient tomber les Turgot et Calonne. Mais en sapant la royauté, elle se détruisit elle-même, la mécanique curiale ayant besoin d'un pouvoir fort qui justifie son existence. En sortant de l'ombre pour passer sur le devant de la scène, elle découvrit sa nature et focalisa la haine de l'opinion contre son arrogance et son inutilité. Comme si l'histoire bégayait, la pièce se rejoue aujourd'hui.

Face à cette puissance protéiforme, à cette hydre aux cent têtes, le principal rempart demeure la lumière de la transparence. Par le jeu de l'information, les médias obligent le pouvoir à rendre compte en permanence de son action. Mais la Cour sait contourner l'obstacle en jouant, face à ces écueils menaçants, de la guerre de l'image et de sa maîtrise du laboratoire-labyrinthe politique car son arme suprême reste la mise en scène. Du décor et des lumières elle se fait un bouclier. Elle présente à l'opinion un miroir déformant où défilent, en lieu et place d'une sombre réalité, contes et légendes qui parfois tournent au cauchemar. Elle impose la logique publicitaire, privilégiant la forme, négligeant le fond. Éparpillé, dénaturé, vidé de sa substance, le pouvoir s'accroche encore aux bouées des mythes. Condorcet rachète Robespierre, la Résistance occulte Vichy, par peur de regarder les choses en face, parce qu'il est plus confortable de s'installer au refuge de la gloire. Parce qu'il n'est pas assumé dans sa totalité, ce passé se montre inapte à démonter les logiques d'intérêts, la mécanique des jalousies. Histoire traitée sur un mode passionnel et dont on ne retient que les faces déjà éclairées, voire surexposées, négligeant les ressorts de l'ombre où se compliquent les blocages qu'il nous faut aujourd'hui dégripper, huiler ou briser. Le mythe de la grandeur et du génie français engendre un complexe de supériorité qui n'est plus de saison ; à l'inverse, la légende noire de la trahison et de la démission collective nourrit un sentiment indu de culpabilité et déchire la nation. Dans les deux cas, orgueil ou autoflagellation, nous manquons de lucidité sur nous-mêmes.

Flottant, le pouvoir se laisse aussi parfois éblouir par les mirages successifs, technocratiques ou économiques, qui, passé l'ère idéologique, font accroire des solutions faciles requérant simplement d'appuyer sur des boutons, d'actionner des leviers techniques, sans faire appel à l'exigence haute de la politique. Certains se cachent derrière la tyrannie de l'expertise. *Deus ex machina*, ces conseillers, d'après Voltaire, se tapissent dans l'ombre : « Qu'est-ce donc que tout ceci ? dit l'Ingénu ; est-ce que tout le monde est invisible dans ce pays-ci ? Il est bien plus aisé de se battre en Basse-Bretagne contre des Anglais que de rencontrer à Versailles les gens à qui on a affaire. » Ces serviteurs de l'État, aussi dévoués et talentueux soient-ils, ne peuvent prétendre se substituer au politique, seul détenteur de la légitimité. Les armes de la noble ambition, de la conviction et de la volonté devront permettre de passer les caps sans risquer de donner raison à La Harpe qui s'inquiétait de la versatilité française : « En France, le premier jour est pour l'engouement, le second pour le dénigrement. »

Dans ce but, la première tâche, comme le premier devoir du pouvoir, reste de faire valoir en toute circonstance la primauté de l'intérêt général, et donc de défendre l'indispensable autorité de l'État, la cohésion de la nation et l'unité de la République. Contre les particularismes et les conservatismes, contre la tentation du renoncement, de l'abaissement ou de la fuite en avant, le politique doit continuer de se mobiliser en faveur d'une société ouverte, vivante. Or le modèle de reproduction par la cooptation, par la définition d'un moule social ou culturel, verrouille la société française. Grands corps, grandes écoles, bien plus que l'apprentissage d'un savoir, développent l'esprit de caste par la sélection, par l'identité, par le culte de la supériorité, qui multiplient bastilles et féodalités. Le diplôme demeure la référence. C'est l'assurance vie d'une élite, l'assurance sociale d'une minorité. Et pourtant notre pays aurait tant besoin de stimulation par l'exemple, de possibilités d'évoluer.

Dans un pays qui bute en permanence sur le scepticisme et les difficultés de la mobilisation, quel meilleur moteur que l'égalité des chances ? Briser les strates et débloquer la société, offrir à chacun une place et des perspectives sans l'écraser par le poids des positions innées ; ne pas donner à penser que les jeux sont faits ou les dés pipés, pour que soient acceptées les contraintes du changement, refusée la fatalité, rêvé un ordre meilleur et plus juste. Assortir enfin et surtout chacun à la triple contrepartie de l'indépendance, de la clarté et de la responsabilité, pour un nouvel équilibre démocratique.

5

Le choix du mouvement

S'il tire sa légitimité des urnes, le pouvoir ne peut espérer la conserver que dans l'allant, la proposition, l'innovation. « On ne stabilise une démocratie que par le mouvement », remarquait Édouard Herriot. Il lui faut pour cela mettre l'action au service d'une vision, conjuguer instinct et expertise, proximité avec le terrain et temps nécessaire à l'étude et la réflexion. L'imagination le préserve du dessèchement et lui fournit son énergie quotidienne. Ce n'est pas un hasard si tant de princes, de rois et de chefs d'État se sont entourés de fous, poètes, philosophes, peintres et mages, créatures étranges et suspectes aux yeux des conseillers : ces marginaux assuraient pourtant la respiration du pouvoir, aiguillon de sa force, étincelle de son commandement. Aujourd'hui les palais se dépeuplent ; la Cour a fait place nette. La France, « mère des arts, des armes et des lois », n'est-elle pas guettée par les conservatismes, oublieuse d'un génie national fondé sur l'alchimie des sensibilités au service d'une ambition commune ?

L'immobilité est désormais ressentie comme une fatalité : nous ne pouvons rien parce que la responsabilité est éclatée et que les décisions se prennent ailleurs. Nous ne pouvons rien, donc ne bougeons pas. Doit-on se contenter d'administrer la France en gestionnaires sans âme ou de dépenser sans compter ? Dans un monde de mouvement, cette passivité vaut condamnation. Seule l'action peut sortir notre pays de l'ornière.

Cette réalité qui frappe à notre porte, qui l'enfonce sans crier gare, pouvons-nous espérer l'apprivoiser ? Ou bien sommes-nous condamnés à subir, à fuir et à courir sans espoir ? Aujourd'hui, tout s'accélère : le monde a changé de visage dans tous les domaines ; en cinquante ans il s'est davantage transformé qu'en plusieurs siècles. Nous découvrons avec stupeur de nouveaux horizons à défricher, de nouveaux temps à déchiffrer, de nouveaux espaces à arpenter. Nouveaux modèles, nouvelles frontières d'un temps et d'un espace ramenés au présent, coupés de leurs arrières comme de leur devenir, saisis bruts, sans mémoire ni racines, sans rêve ni projet. Ici et maintenant, confondus en une sorte d'éternité sans la gloire. Ici, qui est partout, grâce aux moyens nouveaux de communication et de diffusion. Maintenant, qui est toujours. Société, civilisation de l'éphémère, de l'instant, de l'urgent, de l'interchangeable, du jetable. Entre l'ancien et le nouveau, disjonction des ordres, des regards, des perceptions.

Multiplication aussi de l'espace, dont les frontières reculent sans cesse à l'horizon, sans offrir désormais la sécurité des barrières pour canaliser nos regards. Elles bouleversent au contraire nos habitudes, là où nous avions le sentiment d'une réalité unique, palpable, immuable, miroir nous renvoyant à notre propre image et à sa sécurisante familiarité. Comment convaincre les Français d'aborder cette mondialisation qui ne propose pas encore de destin, de promesse, temps qui a perdu sa cohérence, temps sans idéal et sans autre message que la survie dans une concurrence accrue ?

Il appartient plus que jamais à la politique de renouer les fils de la mémoire, de stimuler l'imagination, de rendre possible le sursaut, d'inventer de nouvelles règles, d'ouvrir les perspectives tout en restant soucieux de rassurer et de redonner confiance. Mais ces défis sont d'autant plus difficiles à relever que la compétition économique, dans laquelle le nombre des acteurs a explosé, est caractérisée par l'instabilité, la loi de la jungle et l'absence de leadership. Comment recréer l'unité nationale et le sursaut collectif dans un monde dominé par le virtuel, la concurrence et le « chacun pour soi », où l'individu rendu à la solitude se replie de plus en plus sur sa propre inquiétude ?

D'un côté, les nouveaux outils et les nouveaux savoirs offrent une meilleure maîtrise de la vie, de la santé, de la souffrance, du vieillissement, de l'espace, du voyage, de la nature, des connaissances, flux ou réseaux. Jamais époque n'a atteint un tel degré de fluidité, de perfectionnement et de rapidité. Les hommes d'aujourd'hui apprennent à toute vitesse la diversité, la complexité, l'élasticité, la mobilité. Mais, d'un autre côté, cette aurore est trouée d'ombres, de désirs nouveaux inassouvis, de besoins anciens négligés, de fuites, de faux-semblants. La disponibilité immédiate et totale des choses, à laquelle nous sommes tenus de répondre, nourrit paradoxalement l'angoisse et les frustrations. Dans un univers rempli de bruit, d'agitation, de halètements, il n'y a plus d'espace et de refuge pour la méditation, le dénuement, le silence et la durée. Comme par un effet de vases communicants, tout ce que s'arroge l'individu semble dépouiller la société. Trop-plein du privé ; vide du collectif. On ne transmet plus son savoir ; on ne donne pas à voir ; on ne partage plus ses impressions. *Je* n'est plus un autre, soupire le citoyen. Le nouveau monde ne nous dit rien du mystère éternel d'autrui : multiplication des langues, multiplication des signes, mais épaisseur, opacité, étrangeté de nos semblables.

Quand tout évolue aussi vite, quand la mobilité et le mouvement deviennent la règle, l'hésitation et l'immobilisme se paient cher. Il importe moins de prendre des décisions stratégiques longues et lourdes avec des contraintes matérielles et humaines importantes que de gérer des impulsions rapides : plutôt, en somme, Venise que Rome, plutôt les Phéniciens qu'Athènes. Comme à l'époque des cités-États, la prime va au pragmatique, au mobile, à l'adaptable. C'est la revanche de l'Angleterre sur la France, de l'île sur le continent, de la mer sur la terre, de l'ouverture sur la frontière, du commerce sur la guerre. Allons-nous une fois de plus bâtir une ligne Maginot et la déclarer inexpugnable ?

Dans ce contexte, l'Europe continentale arrive à la croisée des chemins : dotée d'un passé très riche, elle peut se laisser entraîner par le fond ou bien réaliser une synthèse novatrice, déchoir par le conservatisme ou embrasser le mouvement. Nous sortons du Grand Âge pour aborder un Nouvel Âge : âge contradictoire, d'un temps en forme de présent éternel, d'un temps qui tue le temps, d'un espace qui tient dans la main. Âge qui grandit et qui menace, âge d'avenirs virtuels qui glissent et s'effacent pour sans cesse rejaillir, âge suspendu, immobile et animé, écartelé entre la peur et le risque.

Alors que la roue tourne de plus en plus rapidement, comment l'homme ne serait-il pas troublé par le décalage accru entre la sophistication des techniques et la paralysie des consciences ? Travail d'énergie d'abord, audace de la volonté pour s'atteler au défrichage.

Devant ce vertige, c'est bien une nouvelle

ambition qu'il faut ériger. D'abord comprendre pour tenter d'apprivoiser, écouter, apprendre, pour à nouveau anticiper ; poursuivant l'originelle recherche de l'homme des cavernes fixant son désir sur les murs des grottes, continuer sur les livres et les écrans de notre savoir, de notre culture, à puiser dans les ressources les plus profondes de notre imaginaire. Démarche énergique et pragmatique pour resserrer les champs, dominer les connaissances pour les remettre au service de l'homme afin qu'il reste le maître de ses techniques et non la proie de ses créatures. Travail de décloisonnement et de synthèse, réflexion humaniste qui replace l'homme au cœur de toute chose et qui donne à chacune une signification.

Comment maintenir l'élan sans succomber à la peur ? Celle-ci a ressurgi à chaque grande rupture, mais jamais elle ne s'est accompagnée d'un tel fatalisme, d'une telle résignation face à l'immensité de la tâche. Jamais les phares du cœur ou de la pensée n'ont été aussi pâles. Jamais, même au temps d'Érasme, la folie n'est apparue autant maîtresse du monde. C'est donc bien à une révolution morale et mentale qu'il faut s'atteler, dans la lignée de la révolution romantique en poésie : Hugo qui ouvre les portes de la vie, de la rue, de l'outrance ; Baudelaire qui fait asseoir à la table du barde ivrognes, déclassés, prostituées ; révolution sans tabous dans la lignée de John Donne qui chantait la puce sur le sein de sa maîtresse, jusqu'à Charles Cros célébrant son hareng saur. À l'exemple aussi de la révolution surréaliste qui élève le banal au rang de l'exceptionnel, qui subvertit la frontière séparant le tout-venant de l'art et qui déclare l'immédiateté de l'inconscience nouvel ordre de la raison. Et qui toujours, jusqu'au bout, jusqu'à la plus extrême pointe de son délire, dans les replis de ses angoisses, proclame avec Breton : « Plutôt la vie. »

Élargir le champ des idées, la gamme des sentiments, le clavier des mots pour dire les temps nouveaux, les « occasions émergentes », exprimer le changement par la redéfinition des mots et des concepts. À bien des égards, notre registre économique, social, politique, humain est aujourd'hui trop conformiste, corseté par des règles figées, par des préjugés anciens, parqués que nous sommes dans les champs médiatiques, académiques ou organiques. Saurons-nous retrouver un grand mouvement européen comparable à celui de la Renaissance, où les échanges se sont multipliés dans une grande fête de l'esprit avec Érasme venu de Flandre, Thomas More d'Angleterre, Léonard de Vinci d'Italie, la tolérance des Pays-Bas, la Réforme d'Allemagne, tous apports dont la France fait la synthèse et dont le Collège trilingue, ouvert par François Ier, demeure le symbole ? Saurons-nous renouer avec le souffle, reconquérir notre sens de l'imagination, notre audace du verbe et du concept, élargie au territoire de l'Europe ?

Saurons-nous renoncer à une part de nous-mêmes pour élargir notre vision et conserver dans un ensemble plus vaste les ambitions qui ont toujours été les nôtres ? Saurons-nous, simplement, penser autrement ?

Ouvrir le champ de la conviction, retrouver un sens, un but, un horizon. Accroître le territoire de l'humain et recréer une communauté de destin, valoriser la contribution de chacun, fort ou faible. Retrouver aux franges de notre société l'esprit de don, la passion, là où la violence porte derrière ses masques générosité, force, créativité, vitalité inexplorées, inexploitées, humiliées. Relever le gant, en rejetant la spirale de l'ostracisme et de la peur, refuser l'inertie, la passivité, comme l'agitation désordonnée ou l'écrasement du temps pour retrouver une chronologie, un ordre, une ascension, un appétit des choses et des êtres. Réinventer le désir en marchant. Écarter la boulimie de l'urgence qui déforme, stresse, tue le sens. Se réapproprier la liberté du choix, à travers un désir redevenu désir. Cette nouvelle révolution postule un triple défi.

Le premier est celui de la simultanéité. Il s'agit d'assurer la correspondance entre un monde dont les évolutions s'accélèrent et l'homme qui se modifie à petits pas, la corrélation entre la nature et la culture, entre la chose et l'être. Pour éviter la dictature de la science, nous devons restaurer une pensée qui la maîtrise. La conduite du vaisseau-monde et de l'esquifhomme implique non seulement la recherche permanente de cohérences, de compatibilités, d'harmonies, de partages, mais aussi le refus du matérialisme désuet.

Le deuxième défi nous invite à l'unité, à l'exigence et à une conscience qui réconcilie éthique et progrès, économie et morale, spirituel et temporel, pouvoir et peuple, individuel et collectif ; à conjuguer la raison et la passion, la communauté et la diversité ; à faire dialoguer richesse et partage. Au final, une réhabilitation de la politique plaçant l'humain au centre, acteur de son rôle, de son image, de son destin.

Le troisième défi réside dans l'acceptation d'une culture du risque et de la liberté, la reconnaissance du monde tel qu'il est, l'affirmation d'une volonté en dépit de la peur. Pour donner à l'homme sa place dans la société, le choix s'est résumé jusqu'ici à l'opposition du modèle français et du modèle américain : d'un côté un schéma d'intégration verticale, centralisé et hiérarchisé, de l'autre une société décentralisée, constamment en recherche de compromis. Une quête d'absolu contre des vérités relatives et contingentes, un idéal divin contre les idéaux humains, deux cultures privilégiant l'une l'idéalisme jusqu'à l'idéologie, l'autre le réalisme et l'individu souverain. Pour nous, l'enjeu est d'inventer, entre ces deux paradigmes, une voie de conciliation.

Par-delà ces défis, resterait encore à rouvrir le périmètre protégé du temps et de l'esprit, à sauvegarder l'avenir, à ressusciter la passion, l'imaginaire, l'idée même du bonheur, pour ne pas se limiter au mesurable, au quantifiable, au monnayable, pour préserver l'intemporel mais avec une main sur le calendrier, l'irréel tenant en laisse le réel, le rêve gardant les voies de la raison, le hasard ne se laissant pas acculer à la seule nécessité, pour retrouver la force du sacré et se prémunir de l'indifférence : préserver la clé des songes, au-delà de tous les futurs virtuels, de tous les plafonds peints du monde qui défilent, sous la modulation des claviers animant les blancs paysages des écrans informatiques.

Ces exigences, pour immenses qu'elles soient, demeurent à la mesure de la chance française, de son esprit critique, de son ambition séculaire, de son audace insoupçonnée, prête à bousculer l'ordre établi pour un idéal. Cette chance reste en large partie occultée par les hésitations et les tiraillements d'une société divisée et découragée. Pour qu'elle puisse retrouver sa cohérence et son dynamisme, elle doit se remettre en marche, sur un projet, à travers une nouvelle irrigation interne, un dialogue nourri avec le pouvoir, un travail de fond sur les valeurs, un travail de forme sur les procédures. Tout défi d'aujourd'hui peut devenir un atout pour demain car la France révèle justement ses capacités et son appétit pour l'avenir lorsqu'elle est tenue de se dépasser.

Encore faut-il s'imposer de regarder en avant sans céder à la facilité ni à l'illusion. Demain ne sera pas gagné sans effort, mais au prix d'une concurrence, d'une compétition, d'une émulation qui exigeront le meilleur de nos forces. Demain sera un temps d'avancée, d'anticipation, d'ingéniosité. C'est pourquoi nous devrons échapper à l'étau du conservatisme comme à la foudre de l'anathème. Passé les premières euphories, les applaudissements de circonstance, un pouvoir réformateur voit se retourner contre lui toute une clique d'intérêts que la nouveauté dérange ou contrarie : éternel combat de la tradition contre la modernité, des « assis » contre les audacieux.

Si la résistance s'abrite derrière la défense des acquis, le mouvement incarne la confiance dans le progrès, l'esprit d'aventure et de conquête à la découverte de nouveaux espaces et territoires. Il est la loi naturelle de sociétés elles-mêmes en évolution perpétuelle : arbitrages, régulations ou réitérations permanents permettent d'effectuer les ajustements nécessaires au fil de l'eau. S'accrocher au passé comme à une ancre de salut mène au naufrage, conservatisme et rigidité provoquent l'explosion qui, après avoir tout anéanti, oblige à tout rebâtir. En France, la réforme paraît contre nature ; seule la révolution semble capable de vaincre les pesanteurs et d'imposer le renouveau. Dès que le mouvement s'esquisse, les réticences se coalisent et s'exacerbent : société infantilisée par la statocratie et l'obsession du pouvoir contre société irriguée par le contrat d'égal à égal et qui donne le primat à l'individu, société de défiance verticale contre société de confiance horizontale.

Évolution n'est pas révolution ; aussi faut-il distinguer entre le socle des valeurs fondamentales, qui doivent demeurer intangibles, et l'organisation, qui demande à être adaptée en permanence. Aucun alibi ne justifie l'immobilisme. Aujourd'hui, en France, faute de repères, faute de pratique assidue de la réforme, nous continuons de décréter la pérennité de dispositions conjoncturelles, sacralisées comme acquis intangibles. Les bénéficiaires du système crient à la cohésion sociale menacée et à la solidarité brisée lorsqu'ils redoutent qu'un juste sacrifice leur soit demandé, enfourchant les grands principes pour mieux préserver les intérêts catégoriels.

Entre l'ordre établi et l'ordre rêvé, les dés sont pipés. Pesanteurs et égoïsmes peuvent toujours compter sur le renfort des hantises, de la rumeur, des suspicions, tandis que la mobilité et l'imagination ne sont le plus souvent portées que par quelques isolés. La difficulté de la réforme en France naît de ce dilemme : chercher l'appui de tous, au risque de s'enliser, ou jouer de l'autorité ou de la surprise, au risque de coaliser les oppositions et provoquer l'explosion. L'union est le but à atteindre, non le moteur de l'action. La pédagogie revendiquée par les apôtres du consensus se heurte le plus souvent à la méconnaissance des réalités, notamment économiques et financières, qu'une part de la population refuse obstinément de regarder en face. Elle le peut d'autant moins que, pendant des siècles, le pouvoir l'a maintenue dans l'ignorance, l'opacité offrant un voile commode pour camoufler les difficultés. Aux successeurs le soin d'y porter remède, s'ils l'osent.

Bien sûr, notre pays a eu ses grands réformateurs : de Philippe le Bel à Louis XI, de Richelieu et Colbert à Maupeou et Turgot, de Napoléon à Charles de Gaulle, on peut même parler d'une tradition de réformisme autoritaire, imposé au nom de l'intérêt général, fort d'une vision, d'une volonté, jouant à la fois sur les claviers de l'inspiration et de la nécessité, du sacrifice et de l'exemple. Réforme augurale ou réforme vitale, elle s'appuie sur la conviction d'agir pour le bien de tous et mise sur l'intelligence, le dévouement ou l'intérêt du citoyen. Elle se donne pour ambition de changer la société, avec la centralisation pour levier et la répression pour arme. Ce « despotisme éclairé » a longtemps été la méthode de réforme la plus efficace et la plus employée dans une société hiérarchisée ayant la certitude que, lorsque la force ne craint pas de s'abattre, le pouvoir peut tout.

Puis s'est esquissée une autre approche, plus respectueuse de l'individualisme moderne :

réforme négociée qui veut convaincre et non imposer, « laisser le temps au temps » plutôt que brusquer les choses, changer la société par petites touches plutôt que globalement, dans l'espoir qu'une transformation circonscrite permettra d'obtenir des effets positifs en chaîne. Dans ce modeste laboratoire censé éviter la levée de boucliers, la politique graduelle veut s'efforcer de désamorcer les résistances corporatistes par un travail d'association et de consultation. À mesure que la médiatisation de notre quotidien a rendu plus aisée la contestation douce, ce mode de gouvernement, que semblent apprécier les Français, s'est imposé au cours des trente dernières années.

Mais avons-nous encore le temps et les moyens de nous hâter avec lenteur ? Devant l'ampleur et la gravité des enjeux, peut-on se satisfaire d'une approche impressionniste, qui ménage les susceptibilités, courtise l'opinion et bat en retraite à la première poussée d'urticaire ? Le bilan de la plupart des récents gouvernements, le retard accumulé par la France, condamnent-ils seulement les hommes ou, plus largement, la méthode ? Il est à craindre que l'addition de réformes limitées ne suffise pas à faire évoluer en profondeur notre pays. La recherche du consensus et de la gradation a ses mérites puisqu'elle préserve la paix sociale, mais si nous croyons au destin de notre pays, est-il encore temps de compter notre énergie alors que l'urgence de la mondialisation frappe aux portes capitonnées des bureaux lambrissés ?

Comment expliquer ce manque sinon par les volontés éparpillées ? Le changement n'est possible qu'avec des têtes responsables et des convictions clairement définies. L'impulsion de la réforme ne saurait procéder que du politique car elle doit être portée par une légitimité populaire, une dynamique de mouvement, un esprit de progrès capable de vaincre les réticences et lever les craintes. Parce qu'elle n'est pas naturelle à la France, la prise de conscience ne peut se produire sans un électrochoc salvateur.

« Nous croyons qu'il y a un honneur de la politique, nous croyons non moins fermement qu'il y a une politique de l'honneur », affirmait Bernanos en 1939. « Mais nous savons aussi, ajoutait-il, que la difficulté n'est pas que l'honneur fasse ses preuves, c'est qu'on lui laisse le temps de les faire. » L'esprit de Cour apparaît ainsi aujourd'hui comme le principal obstacle à la réforme. Pour annuler les logiques perverses, pour convaincre au contraire chacun de s'associer à la rénovation, un formidable effort d'explication est indispensable.

Comme en 1788 ou au début de 1848, nous sommes au pied du mur : aggravation des inégalités dès l'école, flambée de la violence, épuisement des finances publiques, climat délétère. Face aux mécontentements, une génération politique s'essouffle aux jeux des partis, des médias, de la Cour. Tout craque et se disjoint, pays légal et pays réel, le peuple et sa représentation. Climat oppressant évoquant la fin de la monarchie de Juillet selon Tocqueville : « Dans ce monde politique ainsi composé et ainsi conduit, ce qui manquait le plus, surtout vers la fin, c'était la vie politique elle-même. » Peut-être un jour un mémorialiste de notre époque pourra-t-il reprendre à son compte le diagnostic de l'auteur de *De la démocratie en Amérique* : « Quelques faits éclatants de corruption découverts par hasard lui [à la nation] en faisaient supposer partout de cachés, lui avaient persuadé que toute la classe qui gouvernait était corrompue, et elle avait conçue pour celle-ci un mépris tranquille, qu'on prenait pour une soumission confiante et satisfaite. Le pays était alors divisé en deux parts ou plutôt en deux zones inégales : dans celle d'en haut, qui seule devait contenir toute la vie politique de la nation, il ne régnait que langueur, impuissance, immobilité, ennui ; dans celle d'en bas, la vie politique, au contraire, commençait à se manifester par des symptômes fébriles et irréguliers que l'observateur attentif pouvait aisément saisir. »

Certains responsables d'aujourd'hui se persuadent que les Français, blasés de la vie publique, les laisseront encore longtemps « réchauffer leurs petites gamelles sur leurs petits réchauds », comme avait ironisé le général de Gaulle. Dans un moment de dépit, ce dernier aurait également lancé : « Les Français sont des veaux ! » Comme ce serait confortable, pour ceux qui font profession de la politique ! Leur vieux rêve de la démocratie sans le peuple serait devenu réalité. Pourtant, la montée de l'abstentionnisme n'est jamais un signe d'indifférence, mais toujours une preuve de mépris. Si, comme l'a dit Victor Hugo, « le suffrage universel a cela d'admirable qu'il dissout l'émeute dans son principe, et qu'en donnant le vote à l'insurrection, il lui ôte l'arme », nous devons craindre que le reflux du suffrage ne soit bientôt suivi par le raz de marée de la violence. Partout le refus du mouvement mine de vastes territoires, creuse des fossés, attise les feux, notamment en matière de sécurité, de santé, d'éducation, de retraites, de réforme de l'État.

Pourtant, notre pays présente les premiers symptômes du redressement, esquisse un timide consensus minimal et retrouve même une certaine vitalité. Aujourd'hui, les Français s'accordent à dire que la France doit changer. Ils veulent une autre France, fidèle à elle-même et à son destin. Un accord paraît se dessiner sur des objectifs généraux, complémentaires et non contradictoires : mieux et non pas moins d'État ; plus d'initiative, à condition qu'elle soit assortie de plus de responsabilité ; encourager la réussite individuelle tout en veillant à protéger les plus démunis. Reste la question du cadre et des leviers de l'action : l'Europe ou la nation, l'État ou la société ? Si, sur ces grands sujets, les rodomonts bombent le torse tandis que les bateleurs bonimentent sur leurs tréteaux, qui pense sérieusement que la France peut rompre avec ses partenaires, devenir une île, un sanctuaire, un musée ? Une partie de la gauche, par archaïsme ou nostalgie et pour tenter de remédier par des symboles coûteux à sa crise d'identité, feint encore de croire à la vertu du tout-État. Les Français accueillent avec une aigre satisfaction ces cadeaux au-dessus de nos moyens, mais ils n'en sont pas pour autant dupes. La question la plus délicate reste donc celle des seuils et des rythmes : sous la pression actuelle, la société peut-elle, sans risque de nouvelles fractures, engager les processus de réforme indispensables ?

Notre histoire nous a appris que la réponse ne doit pas être recherchée du côté de l'idéologie, aux solutions alignées comme les touches d'un clavier. Seuls les hommes peuvent remettre la société française en marche. Pour surmonter ses blocages et conjurer ses peurs, elle a besoin de passeurs d'un temps à l'autre, d'une rive à l'autre, au-dessus des partis, qui sachent recréer les liens, raccommoder les déchirures, faciliter les mues, percer de lumière les nuées et guérir le cancer du doute. Car il s'agit bien de passer d'un monde aux racines lointaines, d'un monde déjà ancien de pesanteurs et d'inspiration mais aux gouvernails minuscules, à un monde tout en courants d'air et en aspirations. Dans ce monde-là, lancé à pleine vitesse, tout est question d'anticipation et d'exécution. Quand l'époque bascule, il faut plus que des arbitres entre pouvoir et société, entre les forces concurrentes de la société : il faut aussi des voyants comme Villon, Hugo, Baudelaire, Rimbaud ou Apollinaire, qui ont su renouveler la poésie ; comme La Tour, Delacroix, Cézanne ou Picasso, qui ont jeté des ponts à travers les âges ; comme Rameau, Berlioz, Debussy ou Ravel, qui ont révolutionné la musique ; comme Descartes, Rousseau, Tocqueville ou Bergson, qui ont élevé l'homme ; des passeurs tendant la main des deux côtés, assez loin derrière pour rassembler, assez loin devant pour accrocher le grappin, pointer l'amer ; des hommes-charnières, des hommes-carrefours, des hommes debout.

C'est à tous les étages, depuis l'école primaire et les quartiers jusqu'au sommet de l'État, que doivent éclore ces passeurs, véritables médiateurs des temps nouveaux, relais au sein du corps social réunissant tous ceux qui sont investis de la moindre parcelle de responsabilité collective et qui doivent contribuer à réveiller les consciences. C'est vrai bien sûr de tous les pouvoirs, de tous les contre-pouvoirs, médiatiques, judiciaires, intellectuels, mais aussi des acteurs de la société : parents, professeurs, éducateurs, chefs d'entreprise. À chacun d'eux, il revient de défendre une exigence et une morale républicaines. Notre société est trop complexe, trop diverse pour qu'il soit à la portée d'un homme seul de lui redonner le mouvement. Le pouvoir d'aujourd'hui, démocratique et médiatisé, fragile et contesté, n'est plus le pouvoir absolu d'hier. Pourtant, le détenteur de la magistrature suprême conserve une responsabilité prééminente : à lui de donner l'impulsion, d'indiquer la direction à suivre, de créer le désir d'émulation et de libérer les énergies pour faire surgir, jusque dans les cellules élémentaires de la société, les hommes et les femmes dont l'action conjointe brisera le carcan du doute et donnera à la France un nouvel élan. Ce chef, cet arbitre, est indispensable pour guider et éclairer la nation à travers les chemins difficiles de la modernité, à travers les tentations identitaires, corporatismes ou communautarismes. Les qualités nécessaires à ce passeur entre les passeurs n'ont pas fondamentalement changé. Indépendant, il est de ceux qui font l'histoire au lieu de la suivre, sachant prendre des risques, méprisant le pouvoir pour le pouvoir. Ce trait porte spontanément au dépassement des partis, indispensable préalable pour acquérir un statut de rassembleur. Le lien avec les Français devient alors personnel, par-delà clientèles et factions. De même le passeur n'est-il inféodé à aucune idéologie, même si sa pensée en croise plusieurs dans une synthèse originale qu'on érigera un jour, mais abusivement, en doctrine. La clé de voûte se trouve là : pour emporter l'adhésion, il ne peut compter sur son seul charisme, qui mêle l'autorité et la proximité. Il doit aussi incarner une vision, qualité rare qui suppose d'allier intuition, sûreté de l'analyse et pragmatisme. Enfin, sa capacité à survivre en milieu hostile peut lui permettre de saisir l'occasion et, alors, d'agir avec rapidité, audace et résolution.

Tout au long de notre histoire, au fil de ses icônes, depuis Vercingétorix, de loin en loin, de tels hommes se sont succédé. Clovis répond à l'appel de saint Remi, force la conviction par sa conversion, affirme son autorité par la geste de Soissons, s'impose par la ruse aux petits chefs des tribus franques. Charlemagne, fort de ses quarante-cinq ans de pouvoir, réalise l'unité du royaume, repousse la frontière jusqu'à l'Elbe, sauve le pape des Lombards. Hugues Capet fonde une dynastie pour huit siècles. Henri IV arrache la France à la ruine des guerres civiles et religieuses, restaure la monarchie et relève l'État. Louis XIV invente la France moderne, unitaire et centralisée, soumet la noblesse, abreuve le pays de gloire, installe le théâtre de la grandeur. Napoléon, passeur de l'ancien monde au nouveau, sauve la Révolution mais échoue à établir la paix. Thiers et Gambetta incarnent l'idée républicaine ; grâce à leurs concessions réciproques, l'ancien orléaniste et le radical du programme de Belleville forgent une synthèse originale, chacun apportant en dot le meilleur de son héritage pour réconcilier les deux France : Chambre haute pour l'un, suffrage universel pour l'autre, sacralité du vote et respect de l'autorité de l'État, patriotisme absolu pour les deux. De Gaulle s'impose, lui, comme trois fois passeur : de l'infamie à la renaissance, d'une République discréditée à une autre, légitime et durable, de l'Empire à la décolonisation.

Contrairement à la légende noire, le véritable passeur se situe aux antipodes du dictateur. Une crise l'oblige à incarner le pouvoir avec la mission de le redistribuer ensuite, à l'instar du Clemenceau d'après l'armistice ou du de Gaulle de la régionalisation et de la réforme universitaire. Non le pouvoir pour soi, mais l'alchimie pour tous dans une volonté de forcer le mouvement et avec l'intérêt général pour seul guide. Son rôle n'est pas de porter à bout de bras une société exténuée, de la forcer à avancer à coups de botte, mais de l'amener à retrouver en elle-même les ressources du mouvement. Pour ce faire, il compte moins sur l'effet même de ses actes que sur leur exemple. Son but est de susciter une émulation et de démultiplier l'initiative, et non de concentrer le pouvoir entre ses mains et pour son bénéfice.

En période troublée, le passeur parvient à cristalliser un temps l'énergie et les aspirations d'un peuple. Mais à peine a-t-il abordé l'autre rive que bien souvent les forces de la conservation se coalisent contre lui et finissent par le perdre. « Les salons mentent, les tombeaux sont sincères », a écrit Henri Heine. C'est alors qu'il faut rester grand dans l'abnégation, sortir par le haut en préférant le sacrifice au compromis qui discrédite. Le désastre de Roncevaux et le cor de Roland tout comme les Cent-Jours ou Mai 68 servent la gloire et la légende de leur ambition. Interrompu dans son élan ou trahi dans son œuvre, le passeur demeure, quoi qu'il arrive, un « professeur d'énergie nationale », un exemple éclairant la voie de l'avenir. Sa postérité irradie d'autant plus que sa fin a été tragique : la mort paisible d'un Richelieu ou d'un Thiers ne nourrit guère la légende, tandis que le poignard de Ravaillac ou l'exil de Sainte-Hélène fleurissent l'imaginaire d'Henri IV et de Napoléon. La conquête de l'avenir passe enfin par la révélation du témoignage, du *Testament politique* aux *Mémoires d'espoir* en passant par le *Mémorial*. Mais, au sortir, une seule contrainte, la sanction de la réalité, paix sociale, unité nationale ou liberté conquise, toujours la vérité du résultat.

Qu'en est-il aujourd'hui de ce vaste champ que labourait Machiavel ? Y a-t-il encore une marge de manœuvre pour « le Prince » coincé entre les dures réalités, la dictature des procédures, des normes et des images, prince nu, transparent, percé à jour, percé à vif ? Prince soumis à la question, obligé de rendre compte avant de rendre gorge, obligé de viser juste entre les lignes et les fautes de virgule, avec bonne volonté et douce foi. Pour tenir debout face aux vents contraires, pour arrêter un cap dans les montagnes russes du pouvoir, c'est peu dire qu'il faut du courage et de la volonté. Mais il faut aussi la magie du verbe, la force du geste ou du symbole, la puissance des actes pour briser vagues et conjurations, emporter l'adhésion, forcer l'admiration, huile sainte de la politique qui fait merveille dans des mains adroites et sûres ; il reste enfin ce mystère qui fait de l'homme parmi les hommes un homme au-dessus des hommes, un homme qui avance et que l'on suit. Guérisseur qui panse plaies du corps ou bleus à l'âme, enchanteur qui fait une gerbe des histoires d'hier et de demain pour passer le fossé du temps présent, du temps devant. Enfin s'impose une vision qui donne la mesure et la perspective, de la hauteur au passeur comme au chef militaire, tel Napoléon suivant ses batailles à distance, porté sur la plus haute colline, trempé, vivifié cependant de la fièvre et de la vérité du terrain qu'il allait lui-même quérir au front des troupes, ranimant le respect et galvanisant l'ardeur. Cet aller et retour entre la périphérie et le centre, entre les sommets et les profondeurs, l'exemplarité et la proximité, correspond à l'exigence moderne de souplesse et d'adaptation. Elle marque la force d'un caractère affranchi des lieux du pouvoir comme de la facilité de la démagogie, à l'aise partout, doué de vitesse et de mouvement. Avec le temps, cette qualité donne au Prince un pas d'avance sur les autres, arraché au prix du sang-froid, du courage ou de l'expérience.

De toute évidence, il ne saurait y avoir de

passeur sans l'appel des circonstances, sans précipice à passer, montagne à franchir, torrent à traverser. Alors, sous le feu, qui s'imposera ? Un passeur d'ici ou d'ailleurs ? L'illusion médiatique brouille les pistes. Les plus vibrionnants ne sont que météores ou tournent comme derviches, opportunistes ou sangsues, aventuriers du jeu démocratique portés par la démagogie et le populisme, entre les rubans et fanfreluches du petit écran, la clameur des estrades, sous le vent de la fable et l'hystérie du verbe !

Et si le sursaut venait de l'intérieur ? D'un sage, nouveau Cincinnatus, mûri dans la douleur, ressourcé par l'échec, revenu des courtisans sans avoir perdu foi dans les hommes, lassé de l'hypocrisie, de l'impuissance et du mensonge, pétri d'espérances, fidèle aux héros d'hier, sensible à la détresse d'aujourd'hui ? Car l'Aîné, lui, n'a rien à perdre, tout à donner, du cœur de France aux routes de l'Europe et du monde, tout à mêler, protection et élan ordonnés, tradition et imagination réconciliées.

Au passeur échoit toujours un lot de blessures, d'exil et d'humiliations mais, juché sur les hauteurs, sans amertume aucune, il est homme lié aux autres hommes, loin des écrans et des rumeurs, obsédé du destin, dédaignant les sondages, attaché à ses rêves d'enfance plus qu'à la Cour d'insouciance. Un homme des neiges ou des bois, à la mémoire de Verdun, d'Oradour ou du Vercors, un homme de France.

Comme pour toute renaissance, il faut un nouveau principe fondateur. Il faut aussi une vitalité, une aura qui permettent de distinguer le passeur. Mais qu'il s'impose par le hasard ou la nécessité, sa vertu première ne saurait lui suffire pour durer. Il lui faut encore une grâce spéciale qui dise l'entière fidélité au service de la nation. Qu'est-ce qui exalte ou sanctifie l'élu ? Machiavel, ouvrant le débat, frappe un grand coup en concluant à l'irrémédiable séparation entre morale et politique. Quelle que soit sa mauvaise fortune, il faut au Prince de la force et de la *virtù*, principe à deux faces, d'énergie, de résolution ou de valeur farouche, mais aussi de ruse et de lucidité.

Pendant longtemps, la politique a paru bénéficier de cette extraordinaire liberté dans l'audace et dans les moyens que justifiait un enjeu exceptionnel, un puissant impératif de sélection pour la conquête du pouvoir. Mais si la scène conserve son attrait en dépit de la lassitude des acteurs, quelles marges de liberté, quels privilèges pour ces héros sur des tréteaux étroits ?

La pièce a heureusement bien changé : plus de cachettes, ombres ou replis, de faux-semblants, de tiroirs secrets qui autorisaient de savantes manœuvres ou de piètres complots, journées des dupes et impromptus de cour, pirouettes, masques ou grimaces. Ces jeux en relief n'existent plus que dans l'imagination de citoyens désœuvrés, stimulés dans les coulisses par les petites mains d'intermédiaires obligés, de rivaux amusés, embusqués, déloyaux. D'un extrême à l'autre, le spectacle se retourne contre les puissants d'hier, devenus victimes manipulées par d'impitoyables partenaires-adversaires qui, hors de la lumière, font leur miel de l'opacité.

Faut-il alors se garder d'intervenir, en priant pour que passe le cap difficile et continuer à ignorer l'hydre qui grandit ? Déjà en de nombreuses allées et venues, salle des pas perdus, la foule se presse sous le sourire du bon docteur Guillotin ; alors ne reste-t-il plus qu'à dégrafer le col en épelant Chénier, Saint-Just ou Desmoulins, prendre ses jambes à son cou à l'appel de témoins ou baisser les yeux sans interrompre la partie de bonneteau ?

S'il veut exister, le pouvoir doit retrouver une aura, reprendre pied et place. Pour cela, il ne peut plus se contenter de donner des gages, il lui faut prendre des risques, assumer la charge de la preuve, seule façon de restaurer son crédit, de dompter la peur. Il doit admettre la suspicion désormais inévitable dans ses relations avec l'opinion. L'écart s'est élargi entre le temps de l'expression, de plus en plus court, et la complexité accrue des problèmes. Mais telle est la loi du genre : le pouvoir ne peut compter sur l'indulgence ; à lui de surprendre, à lui de fixer la prunelle, entre deux transits, à l'heure de l'entrechoc des images. Face à la lumière, rien ne sert de cligner des yeux, tel un prévenu dans un interrogatoire sans concession. Sous le scalpel, il appartient à l'élu de retrouver sa vraie figure, de s'animer sans le secours d'un metteur en scène ou d'un maquilleur, seulement guidé par la volonté, la conviction et la puissance du songe, tel Napoléon qui confiait : « Je trace mes plans de bataille avec les rêves de mes soldats endormis. »

Là se trouvent sans doute la clé du renouveau, les ressorts susceptibles de redonner au politique une légitimité de fait, une authenticité née de l'émotion et de la proximité retrouvées, une modernité surgie de la surprise et de l'échange direct, une crédibilité pour faire front et reprendre langue, une humanité qui n'occulte pas les cailloux du chemin, une solennité qui préserve la responsabilité du choix, une conviction qui éclaire le destin commun, un enthousiasme qui magnifie le dessein partagé.

Saurons-nous nous réapproprier le temps de la promesse qui ne peut s'appuyer que sur un véritable esprit de progrès ? Temps d'un engagement quantifiable et réaliste à rebours de la grande illusion, des mensonges sans vergogne qui accouchent de lendemains qui déchantent et font le lit des extrêmes. Obsédée par le quotidien et confrontée à l'immédiat qui alimente le cercle vicieux de la frustration et de l'impuissance, notre société doit redéfinir la hiérarchie de ses priorités. En restructurant le temps pour marier à un passé décanté et mûri un avenir revitalisé, l'homme et la collectivité pourront sortir ensemble de l'embarras tactique où ils sont suspendus à tout instant sous la balance mesquine du compromis, pour renouer avec le temps stratégique, temps noble de l'initiative individuelle et de l'action politique.

Il est temps de passer d'une volonté de réforme à un véritable esprit de réforme. C'est cet esprit qu'il faut développer en créant un contexte favorable : moins de contraintes, plus d'incitations, moins de dogmes, plus d'exemples, moins de réglementations, plus de principes. Car c'est bien d'un nouvel esprit, d'une nouvelle éducation, d'un nouveau civisme qu'il s'agit, surtout s'il puise dans le refus de l'injustice et de la fatalité, tels Jurieu appelant à la révolte quand le Prince veut forcer les consciences, La Bruyère dénonçant l'inégalité, les méfaits de l'argent et de la guerre, ou encore Fénelon voulant soumettre le roi à la charité et aux lois, aux états généraux et à l'arbitrage universel, invoquant ses devoirs envers l'humanité : « Chacun doit incomparablement plus au genre humain, qui est la grande patrie, qu'à la patrie particulière dont il est né. » Cet esprit de réforme, indispensable si l'on veut éviter que le territoire de la réforme ne se limite à l'État ou au pouvoir, doit occuper tout l'espace de la société, et donc investir le champ des mentalités afin que, selon la formule de Michelet,

« l'homme puisse devenir son propre Prométhée ».

Pour cela, il faut prendre appui sur la gravité de la situation. La crise en France n'est pas une malédiction. Regardée en face, elle ne peut que mobiliser nos énergies et conjuguer nos imaginations. Le pouvoir retrouvé peut espérer franchir le cap et redonner à la nation entière l'esprit de conquête de ses aînés. Encore faut-il une prise de conscience immédiate, exigeante, à l'instar de Boisguilbert ou de Vauban, stigmatisant la misère du royaume et rappelant le monarque à ses devoirs vis-à-vis des plus humbles ; encore faut-il une aspiration où chacun ressente l'élan de la mission, les frissons de l'avenir, l'émotion de la gloire et de la grandeur retrouvées. Encore faut-il que, passé l'état de grâce, le pouvoir renouvelle son lien originel avec le peuple en imaginant de nouvelles concertations ou consultations, illustrant la pérennité et vérifiant la validité du dialogue.

Cette ambitieuse métamorphose exige un électrochoc pour répondre aux besoins, défricher les chemins que néglige aujourd'hui la politique, ligne courbe plus souvent que droite, plus anxieuse qu'audacieuse. Que l'on se souvienne d'un passé de glorification où le pouvoir, à dos d'âne ou à bras levés, était porté de place en place en palanquin sous les acclamations. Que l'on mesure le chemin parcouru jusqu'au temps présent où le pouvoir désacralisé se voit traîné au bout d'une corde, insulté, profané.

Pour enrayer la dérive, la démocratie doit être soumise à l'épreuve de vérité, à l'exigence de responsabilité de chacun de ses acteurs. Que le pouvoir se résigne à l'aveu : il n'y a plus d'artifice, plus de fumée, plus de confettis ; il n'y a plus même l'arme secrète de la *virtù*, l'atout de l'ombre ; il ne reste que la face trop souvent négligée, l'éclat oublié de la vertu antique. Encore faut-il l'exhiber, l'expliquer, la prouver, en dégager les vives lueurs, pour l'apprécier dans sa vérité première, le service de l'intérêt général.

Dans l'épreuve, nul doute que, d'un côté ou de l'autre du pouvoir, les nains masqués qui paradent sur des échasses en se donnant l'air de géants basculeront. Soucieux de balayer les allégeances, les petits pactes, les compromissions, riche de ses seules vertus et fort de sa vraie stature éthique, le pouvoir sera enfin rendu au peuple.

Une révolution pacifique

confiance en ses capacités [illegible] de l'ailleurs.

Cet ailleurs serait-il devenu trop lointain pour nous ? Le général de Gaulle avait [illegible] sur son époque. [illegible] dans la recherche médicale, les sciences du vivant, l'exploration de l'espace ou le transport supersonique. En sommes-nous véritablement réduits à nous cramponner à la

6

Une révolution pacifique

La France a longtemps été le temple de l'universel. Sous l'Ancien Régime, ses rois et ses artistes étonnaient et inspiraient l'Europe. Elle a réaffirmé cette vocation sous la Révolution en sacralisant les droits de l'homme, en les portant aux peuples voisins puis, au long du XIXe siècle, en encourageant le réveil des nationalités dressées contre l'Europe des rois. En tissant un lien particulier de mémoire avec ses anciennes colonies, en gardant les yeux ouverts sur les « damnés de la terre », elle a consolidé encore sa vocation universelle. C'est pourquoi la France restera le « soldat de l'idéal » magnifié par Clemenceau si elle parvient à reprendre confiance et à s'ouvrir aux souffles de l'ailleurs.

Cet ailleurs serait-il devenu trop lointain pour nous ? Le général de Gaulle avait rêvé d'une France toujours en avance sur son époque, pionnière audacieuse dans la recherche médicale, les sciences du vivant, l'exploration de l'espace ou le transport supersonique. En sommes-nous véritablement réduits à nous cramponner à la

France des produits du terroir, au mode de vie de nos grands-parents, à la sagesse de nos ancêtres, comme si nous ne pouvions être fidèles à notre héritage qu'en reniant le futur ? Cette France que dessinent en creux les colères des gardiens du temple, comme elle semble petite, sur la mappemonde, comme elle paraît désuète, telle une tabatière précieuse qui ressuscite, lorsqu'on la regarde à la loupe, les fastes d'un monde englouti ! Comme tout était facile alors ! Face à l'angoisse qui monte et serre le cœur, quoi de plus naturel que la nostalgie, avec sa floraison de marchands d'images et de montreurs d'ours, le spleen de la vie d'autrefois, temps de la douceur de vivre, temps du sens partagé et de la simplicité ?

Et pourtant, comment oublier que la France s'est façonnée dans le fracas des combats et le tournoiement des batailles, de Roncevaux à Bouvines, de Rocroi à Valmy, d'Austerlitz à la Marne ? Mais les hommes, preux chevaliers des croisades, soldats de l'an II, grognards de Napoléon, poilus de Verdun, étaient-ils les mêmes ? Qu'est devenu l'élan ? Que reste-t-il de la flamme ? Avons-nous gardé au cœur une soif de gloire et de grandeur ? Ce souffle d'hier est-il autre chose qu'une berceuse de foire, une musique mélancolique pour après-boire, ou peut-il encore être l'aiguillon, la brûlure pour demain ? Pour tous ceux qui refusent l'indifférence, oscillent entre passion et désespérance, il y a toujours cette lueur dans le regard du monde, pour qui la France reste la France, cet écho sur les radars par 48° 50 de latitude Nord et 2° 20 de longitude Est, où raison et passion se croisent. Il y a ce frémissement au ventre ou à l'âme d'une jeunesse qui se refuse au rideau baissé sur l'avant-scène. Non, ce soir on ne fera pas relâche !

Un rêve français est-il encore d'actualité ? Le temps n'est-il pas venu de régler notre horloge à l'heure universelle ? Depuis la Renaissance, les humanistes n'attendent-ils pas ce moment-là ? Mais ils voulaient le couronnement de l'homme, là où le produit domine et la machine règne ; ils espéraient la liberté et l'épanouissement de chacun, là où les rapports de force dictent leur loi. Ils rêvaient d'un monde de tolérance, alors que triomphent l'homogénéité, la vacuité et l'ennui d'une culture unique, d'une pensée unique, d'un marché unique. Où est le progrès jadis espéré, chanté, vanté ? Le mot semble aujourd'hui désuet ; pis : il effraie. Comme les ouvriers du XIXe siècle brisaient les machines de peur qu'elles ne leur volent leur travail, les travailleurs peu qualifiés d'aujourd'hui redoutent que la mondialisation ne les expose davantage à la concurrence des bas salaires du tiers-monde. Les hommes craignent pour leur environnement miné par la pollution, pour leur santé menacée par des maladies nouvelles, pour leur alimentation devenue suspecte, pour leur vie privée étalée sur internet, pulvérisée dans les mémoires informatiques.

La situation de la France, brutalement confrontée aux réalités du monde, semble d'autant plus périlleuse que l'érosion des idéologies et de l'engagement a nourri le sentiment d'impuissance et le discrédit de la politique. Comme l'avait prédit Montesquieu, « la corruption de chaque gouvernement commence presque toujours par celle des principes ». Perte de flamme, perte d'idéal auxquelles notre imaginaire, façonné par le mythe du tout-pouvoir, assignant à l'État la tâche d'assurer la cohésion sociale, se révèle particulièrement vulnérable. Menace des deux côtés, tant par le développement des égoïsmes que par l'esprit de révolte ou d'égalitarisme, encouragé par les démagogues.

Pourtant il y a bien des raisons d'espérer, jusque dans l'immense frustration qu'expriment les Français vis-à-vis de la politique, jusque dans leurs contradictions légendaires qui parfois agacent : ainsi, ce pouvoir que l'on apprécie distant et abstrait, pour d'invisibles arbitrages, le souhaiterait-on plus proche, plus à l'écoute, plus souple et plus mobile ; cet État auquel on en appelle si aisément, on peste contre son archaïsme, sa lourdeur et son inefficacité. Ces demandes émergentes marquent une évolution nouvelle, une volonté d'émancipation, un souci de dialogue, un plus grand intérêt, au-delà des principes, pour des solutions qui prennent mieux en compte les réalités et le bon sens, esquisse d'une philosophie du résultat. Pourquoi ne pas discerner dans cette maturité grandissante les prémices indispensables à un nouveau contrat social entre l'élu et la société qui se substituerait à l'ancien pacte de pouvoir ? Contrat entre deux partenaires, à la recherche d'un nouvel équilibre qui suppose de part et d'autre une volonté d'initiative et une capacité à tenir ses engagements.

Restaurons les fondations de la maison commune, redéfinissons les valeurs qui consacrent les liens fondamentaux entre la politique et l'État, cessons l'incantation stérile pour revenir aux sources de la nation en la réinvestissant d'un contenu concret, partagé dès l'école. Une approche humble et globale est nécessaire, pour une réforme qui doit être politique mais aussi « intellectuelle et morale », telle celle que Renan appelait de ses vœux, réforme du pouvoir mais aussi de l'État et de la citoyenneté, dans la lignée du *New Deal* de Franklin Roosevelt et de la « nouvelle société » amorcée par Jacques Chaban-Delmas ; réforme en amont et en aval, chaque mesure formant les anneaux d'une même chaîne, refusant les oppositions binaires et les clivages souvent factices. La liberté n'est pas le contraire de l'égalité, comme l'Europe n'est pas l'ennemie de la Nation, l'État l'antagoniste de l'individu, ou la volonté l'opposé de la concertation. La refondation de la politique commence par une levée des vieilles barrières. Sans peurs ni tabous.

Depuis des siècles, deux démons déchirent le cœur de la France et se renforcent l'un l'autre : l'obsession du pouvoir, la perversité de la Cour. C'est donc à un véritable exorcisme qu'il faut s'atteler, « réaction en force, en attaque de bélier », explique Henri Michaux, qui ajoute que la « mise en marche du moteur [de l'exorcisme] est difficile, le presque-désespoir seul y arrive ». Ce « presque-désespoir », la France l'a connu ; elle a aperçu souvent le fond du puits de l'angoisse, le point où le plongeur, parvenu à la plus grande profondeur, s'arrache d'un élan énergique et remonte vers la surface. Aujourd'hui encore, nous restons hantés par trop de fantômes qui creusent chaque jour davantage le fossé entre le pouvoir et la société, au point qu'ils suivent aujourd'hui des trajectoires divergentes. Le moment est venu de chasser les revenants et de conjurer les ombres pour aborder les « rives lumineuses d'un nouvel âge », comme l'espérait Érasme en son temps.

Prenons donc enfin le parti du rassemblement. Notre pays ne s'est que trop épuisé en querelles stériles ; souvent, la tentation reste forte de l'escalade verbale, de l'anathème, du choc des mots, promesses ou menaces, forfanteries ou imprécations ; plaisir de contredire, de refuser, de nier, comme si dire « non » était nécessairement héroïque ; jeu étourdissant de la parole et éclats de voix à perdre haleine, mots hors de leur aire, affolés, enfourchés comme chevaux-d'arçons. Prisonniers d'une parole désincarnée, orpheline du sens qui ne mord plus sur le réel, n'est-il pas temps pour nous de réinventer des mots qui se déclinent en action, pour renouer avec l'histoire ? N'est-il pas temps que le verbe se fasse à nouveau chair, « de manière à servir, comme le propose saint Paul, dans la nouveauté de l'esprit et non plus dans la vétusté de la lettre » ?

L'avenir sera d'abord fidélité, reprise de possession du meilleur de l'héritage français. Ce travail de décantation doit nous ramener à l'essentiel, nous permettre de retrouver l'éclat de notre conscience collective. Redevenons ce que nous n'avons jamais cessé d'être : un peuple pétri de générosité, de vaillance, source de ce génie français qui ne demande qu'à s'accomplir. Notre histoire atteste que la France est capable de donner le meilleur d'elle-même lorsqu'elle fait ce double choix, de fidélité et de mouvement, mais qu'elle risque le pire lorsqu'elle se renie ou lorsque la peur lui fait fermer les yeux. Souvenons-nous de Napoléon qui, à deux reprises, s'est érigé en homme de la réconciliation et d'une nouvelle synthèse : par la paix consulaire en 1800-1802, puis, en 1815, par l'Empire des libertés. Souvenons-nous du général de Gaulle qui en 1958 a réussi l'alchimie entre l'héritage parlementaire et le primat de l'exécutif, condition essentielle de l'efficacité de l'État. N'oublions pas que la Restauration a échoué pour avoir tenté de faire l'impasse sur la Révolution, que la IVe République a sombré parce qu'elle a refusé la réforme. À nous donc de trouver la formule qui nous permette d'avancer sans nous trahir. Pour cela, nous devons renouer avec le sens et le destin de la politique.

La première exigence est celle de la volonté. Elle commande le refus d'un immobilisme qui désespère les Français et les éloigne de la chose publique. La politique n'a pas l'art de l'esquive pour fin. Elle ne se réduit pas à un jeu d'équilibriste au profit de la conservation. Elle n'existe que dans le concret, dans l'énergie de l'action et la nécessité du résultat. À l'âge du virtuel, c'est dans la réalité la plus quotidienne qu'elle doit s'inscrire. Aussi implique-t-elle un diagnostic continuel, rigoureux, public, encore inhabituel en France, où l'affichage tient trop souvent lieu de politique, où l'on préfère avoir la mémoire courte et recommencer sans cesse la tapisserie de Pénélope, tels ces « damné[s] descendant sans lampe [...] d'éternels escaliers sans rampe » qu'évoque Baudelaire. Cette évaluation permanente constitue le préalable de la responsabilité sans laquelle l'action politique ne peut réellement s'exercer. Elle fait du mandat un véritable contrat, scellant un engagement sur des objectifs précis, pour que les citoyens puissent choisir et juger.

Le deuxième impératif est celui de la vérité, pour briser l'étau de la comédie des apparences que la perversion de l'esprit de Cour a fini par nous faire prendre pour la forme obligée de la politique. L'effritement contredit cet esprit séculaire qui, non sans souffrances et abnégation, nous a portés à nous dépasser. Notre culture et notre histoire nous ont rendus plus sensibles à l'égalité qu'à la liberté ; il serait donc vain de prétendre imposer à la France une marche forcée vers le libéralisme économique : « Il n'est pas du pouvoir de l'homme d'empêcher ce qui doit être », affirmait, selon Hérodote, le roi de Perse Cambyse à l'heure de la mort qu'il avait tenté de fuir. Le pouvoir doit donc conserver, chez nous, un rôle moteur, à condition qu'il construise de nouveaux modes de participation démocratique pour remédier aux insuffisances de la représentation, qu'elle soit locale ou nationale ; à l'inverse, arrêtons de penser qu'il peut et doit tout, alors même que les citoyens doutent de lui.

Séparer ainsi l'or inaltérable des spécificités françaises des scories d'une idéologie dépassée implique un travail sur soi-même dicté par une troisième exigence, celle du sens, qui n'a pas de pire ennemi que le relativisme du « tout se vaut » ou la confusion du « tout se tient ». L'esprit de pouvoir ne se résume ni au tout-État ni au modèle anglo-saxon ; nous avons à la fois un héritage à transmettre et des travers à corriger : l'honneur même du politique consiste à proclamer des convictions fortes qui donnent aux citoyens bouées et repères pour mieux se situer dans le monde fuyant qui les inquiète. S'engager en politique oblige, comme le général de Gaulle, à défendre « une certaine idée de la

France ». Pour être partagée, susciter la confiance et provoquer l'adhésion, elle doit briller de l'éclat d'une révélation. De la lumière du présent doit naître une vision pour demain. Il n'y a pas de sens sans conjugaison des temps, alchimie entre héritages et choix de nouveaux caps pour l'avenir. Contrairement à une opinion trop souvent répandue, les Français aiment le risque, le mouvement, le futur lorsqu'ils se sentent soutenus. Au plus profond d'eux-mêmes brille toujours l'envie d'une grande aventure collective, chaînon d'une histoire à laquelle beaucoup d'entre eux ont sacrifié leur existence.

S'impose enfin aujourd'hui une dernière obligation, celle du résultat. La politique ne peut plus s'adresser aux citoyens comme hier aux grandes entités fédératrices, nation, classe ouvrière ou bourgeoisie, pour définir des normes générales qui n'apparaissent plus comme des réponses satisfaisantes à des désirs individuels. Il faut donc se mettre en situation de répondre aux aspirations morcelées et évolutives de tous ceux qui revendiquent de nouveaux droits, expriment de nouveaux besoins. À une société dispersée doit répondre un pouvoir recomposé, privilégiant la proximité, quotidiennement présent et sans cesse réinvesti d'une mission simple et précise, que le citoyen peut évaluer selon ses résultats.

Ainsi s'esquisse une éthique retrouvée du politique, qui récuse l'*hybris* de l'esprit de pouvoir comme l'avilissement de l'esprit de Cour. Sur cette base, il devient possible de dessiner un chemin, de brosser, à larges touches, une perspective.

La première ligne à tracer sépare espace public et espace privé, pouvoir et société. Cette clarification est pour nous la plus difficile, certes en raison de notre histoire, mais surtout des incertitudes de l'heure, car l'imbrication des deux n'a peut-être jamais été aussi étroite. L'urgence est pourtant absolue. L'État a déserté des pans entiers du territoire : à la périphérie des villes, des quartiers sont laissés en jachère malgré les sommes immenses dépensées ; dans les campagnes, l'État se retire progressivement comme la marée, laissant derrière lui un désert, suscitant un sentiment d'abandon, voire de désespoir. À l'autorité et à la loi se substitue le droit du plus fort qui étouffe la liberté et se rit de l'égalité.

Aujourd'hui, se dessine une réalité française contrastée : France entreprenante, France protégée, enfin France exclue qui, chaque jour, sombre davantage dans le désespoir. Si nous voulons éviter l'implosion, il convient de surmonter la contradiction qui existe entre ces trois visions en replaçant l'État au service d'une France ouverte et généreuse, soucieuse de libérer les énergies pour mieux panser les plaies. À l'individu de se réapproprier son destin par ses propres capacités d'initiative, de travail et d'effort ; mais à l'État de l'accompagner et de l'aider à trouver les clés du changement avec la liberté pour principe. La solidarité doit être orientée vers l'insertion, tout en garantissant à chacun les droits fondamentaux que constituent la sécurité, l'instruction, le logement, la santé, les retraites. À chaque étape, le citoyen pourrait ainsi saisir une main tendue : bourses, formation tout au long de la vie, seconde chance véritable. Pour intégrer les oubliés ou les réintégrer, afin d'assurer la cohésion nationale, il appartient à l'État de corriger les injustices de la naissance et les accidents de parcours, de proposer une protection sociale incitative au travail et recentrée sur ceux qui sont dans le besoin. Celle-ci ne devrait pas se borner à distribuer des prestations monétaires mais donner, même aux personnes en grande difficulté, le sentiment d'appartenir à la société autrement que par la dépendance, en valorisant la contribution de chacun, si modeste soit-elle, à l'aventure collective. Au-delà de la garantie de la solidarité, il s'agit de retrouver le sens de la fraternité. Valeur oubliée du triptyque républicain, elle constitue la grande ambition du XXIe siècle.

À nous de trouver le juste équilibre entre le risque et l'impératif de protection afin d'éviter des effets pervers : ainsi, paradoxalement, sur le marché de l'emploi, les garanties qui protègent les salariés jouissant d'un emploi stable ont conduit à maintenir les plus faibles à la périphérie du monde du travail. Restaurons l'État, mais comme le noble serviteur des citoyens et le missionnaire du social. Resserré, doté d'un sens, d'une vision et des moyens nécessaires, il recouvrera le respect de ses concitoyens et cet esprit de devoir et de service qui demeure son apanage.

Au pouvoir incombe la responsabilité première de l'ordre global, ordre mouvant selon le temps, les besoins, les priorités, les mœurs, le contexte. L'ordre naturel couvre trop d'inégalités pour que sa simple défense suffise à rendre le pouvoir légitime. Dans un souci de justice, un visage de chair et d'humanité doit être greffé sur sa figure de marbre.

Cet équilibre entre ordre et équité n'est que le miroir de l'équilibre entre société et pouvoir, entre liberté et autorité. La France a beau s'effaroucher du spectre de la mort qui hante la joyeuse fête de la consommation et de la technologie, cadenasser les portes et fermer les volets, c'est bien la liberté, éternel moteur de l'histoire, qui frappe à coups redoublés, qui s'engouffre, bousculant les murs, les doutes et les vieilles habitudes. Architecte de la cohérence, dépositaire de l'intérêt général, le pouvoir doit donner un sens et offrir une ambition collective à l'autonomie grandissante de chacun. En 1821 Guizot, dont la pratique gouvernementale ultérieure n'a pu concrétiser les intuitions de l'historien, tentait dans son ouvrage majeur, *Des moyens de gouvernement et d'opposition dans l'état actuel de la France*, d'offrir une vision nouvelle de la politique. Adversaire de la centralisation excessive à la mode impériale, il n'admettait pas pour autant l'anti-étatisme viscéral de certains libéraux comme Benjamin Constant. Entre le tout-pouvoir et l'individualisme sans frein, il préconisait une approche qui reste féconde : un gouvernement recentré mais pleinement investi, souverain et responsable dans ses domaines de compétence. « Que faites-vous donc, s'indignait-il, vous qui proclamez que le pouvoir n'est qu'un serviteur à gages, avec qui il faut traiter au rabais, qu'on doit réduire au degré le plus bas, en activité, comme en salaire ? Ne voyez-vous pas que vous méconnaissez absolument la dignité de sa nature et de ses relations avec les peuples ? Le bel hommage à rendre à une nation que de lui dire qu'elle obéit à des subalternes et reçoit la loi de ses commis ! » Et d'affirmer avec courage : « Quand le pouvoir n'a plus le sentiment de son droit, quand la société n'a plus celui du droit du pouvoir, le pouvoir a cessé d'être ; la société et lui se sont séparés. État plein de trouble et d'angoisse, où la société qui a un gouvernement s'étonne de n'être pas gouvernée, où le pouvoir s'agite, en chancelant, dans une place qu'il occupe sans la remplir. [...] Dressez contre le despotisme toutes les barrières que vous pourrez construire ; donnez à la liberté toutes les garanties que vous saurez inventer ; c'est votre intérêt, votre devoir, votre droit. [...] Mais ne demandez point au pouvoir de s'abdiquer en s'humiliant ; ne lui contestez pas l'élévation de sa nature ; qu'il y ait honneur pour lui à vous commander, pour vous à lui obéir. »

C'est donc bien une redéfinition de la mission de l'État qu'il faudra accepter, pour fixer les repères et garde-fous nécessaires, briser la spirale des rivalités et de la fragmentation, « suppléer les égoïsmes » selon la formule du libéral social Dupont-White dans *L'Individu et l'État*, paru en 1857. Une tolérance mal entendue et une indifférence coupable mâtinée de lâchetés ordinaires expliquent les infiltrations d'aujourd'hui, voire les débordements, au-delà du supportable. Toutefois, ce légitime retour de l'autorité ne saurait se parer des plumes, des hermines et des brocarts d'autrefois. La société, actionnaire par l'impôt et souveraine par le vote, exige l'exemplarité en retour, et au premier chef celle de ses représentants. Le temps n'est plus où l'on pouvait sans préparation ni explication préalable dicter ou imposer d'en haut. Il faut écouter, associer, convaincre, s'ouvrir au dialogue, pour finalement savoir trancher. À la parole publique le soin de légitimer la sanction au nom des libertés fondamentales, en veillant à offrir aux minorités tentées par la fronde des exemples de réussite prouvant que l'intégration et l'égalité des chances ne demeurent pas de vains mots.

Si la clarification de ses responsabilités

conditionne l'efficacité de l'État, elle ne signifie pas pour autant la capitulation de ses ambitions. Son essence garde un caractère sacré, indissociable de la représentation de l'intérêt général. Le pouvoir, créateur, pourvoyeur de symboles, donne corps et vie à la nation ; mais, avant d'offrir les moyens de la liberté, de l'égalité ou de la fraternité, il doit les incarner, les faire briller, les signifier au peuple tout entier, afin de consolider le désir d'unité. Ce magistère procède d'un paradoxe comme la *religio* primitive qui distancie et qui rattache : il joue sur la distance mais il relie les citoyens entre eux. Il est entre le pouvoir et le peuple la source de toute légitimité. Or, si le pouvoir semble aujourd'hui incapable d'agir, sans cesse reculant devant la rue, otage des corporatismes, c'est bien par défaut de légitimité. Comme en 1958, il faut donc trouver les moyens de remonter une pente perverse qui, depuis 1789, n'a tendu qu'à éliminer le peuple du théâtre politique, confisquer la représentation au profit d'une caste de plus en plus consanguine et, en définitive, assurer le triomphe de la Cour sur une démocratie endormie.

Pour repenser la légitimité, il faut cependant se défier de l'exutoire constitutionnel, maladie française qui consiste à changer les structures au lieu d'attaquer les racines du mal. C'est pourquoi il ne s'agit pas, aujourd'hui, de dessiner dans les nuées les plans d'une VIe République qui combinerait une nouvelle fois les éléments du Meccano des pouvoirs au profit d'une minorité partisane. Retrouver le cercle vertueux de la politique passe avant tout par l'affirmation d'un passeur moderne, qui trouverait sa place dans les institutions de la Ve République. Aussi le mouvement ne saurait-il s'accommoder durablement de la cohabitation, et implique-t-il au contraire un retour du régime au primat présidentiel qui en constitue l'épine dorsale.

S'il n'est pas nécessaire de bouleverser radicalement la Constitution, nous devons admettre que la vie démocratique exige des adaptations constantes. Elle doit s'exercer à des niveaux différents, de la commune à l'Europe comme dans des instances non politiques telles que les associations, les syndicats ou l'entreprise. Le défi institutionnel consiste à dessiner une nouvelle architecture pour une « démocratie participative » impliquant davantage le citoyen et les pouvoirs locaux par des réformes audacieuses multipliant les expériences, les espaces de dialogue et le recours au suffrage. Chaque collectivité doit se voir reconnaître dans sa vocation particulière. Parce qu'ils incarnent la proximité, les élus communaux et intercommunaux doivent figurer le premier maillon d'une décentralisation approfondie. Il appartient au département d'assurer les solidarités essentielles. Enfin la région, qui est l'espace le mieux adapté à la compétition européenne, pourrait bénéficier d'un accroissement de ses compétences économiques grâce à des transferts de pouvoir de l'État. Ainsi chaque échelon serait doté de responsabilités propres, limitant les chevauchements et distinguant les financements, clarifiant le brouillard actuel pour laisser place à une situation saine, première condition d'un goût retrouvé pour l'engagement public.

Cette diversification de l'expression démocratique doit nécessairement s'accompagner d'un renouveau général de la responsabilité, concernant par exemple les médias, mais aussi les experts, dont le statut reste obscur : sans cesse convoqués, consultés, interrogés, apportant des réponses souvent contradictoires, ils peuvent donner le sentiment d'épaissir le brouillard dans lequel, en tâtonnant, le citoyen cherche sa voie. À telle enseigne que, lorsqu'il faut faire la lumière sur l'action des pouvoirs publics dans la catastrophe de Tchernobyl ou la tragédie du sang contaminé, on demande à la justice de trancher. Aussi, pour préparer la décision, notre pays doit-il se doter d'instances d'évaluation indépendantes, qu'il s'agisse de créer des organismes nationaux sur le modèle de la Cour des comptes, mais dotés de réels moyens, ou de recourir à des organismes internationaux.

Cette expertise doit s'exercer en amont et en aval, et non, comme c'est fréquemment le cas aujourd'hui, pour valider des décisions déjà prises ou pour enterrer un problème. La mise en place d'une culture de l'évaluation et de la responsabilité est de nature à renouveler la manière de faire de la politique. Elle rend possible l'expérimentation des réformes avant leur généralisation à l'ensemble du pays. Couramment utilisée dans les pays anglo-saxons, cette approche facilite l'acceptation de mesures innovantes, et permet d'éviter les erreurs auxquelles conduisent souvent le dogmatisme et l'idéologie.

Accepter le contrôle d'instances indépendantes, savoir être jugé à l'aune du résultat, être capable de payer le cas échéant le prix de son inefficacité et de son incompétence : il s'agit pour le pouvoir d'une véritable révolution culturelle. À lui de montrer qu'il est disposé à agir dans la transparence, à rendre compte aux citoyens.

Toute la difficulté de cette réforme tient à ce qu'elle doit se faire dans le contexte mondialisé qui est le nôtre. Le pouvoir n'est plus le seul à avoir fenêtre ouverte sur la sphère internationale, domaine des traités et des grands intérêts. Les relations internationales ne sont plus un jeu réservé aux princes et aux rois, elles concernent chacun d'entre nous. La France dans son entier a plongé dans un autre univers : non seulement les économies sont de plus en plus interdépendantes mais encore les destins des différents pays sont de plus en plus liés ; les questions de défense, d'environnement ou de développement durable, par exemple, resteront en suspens si nous n'arrivons pas à convaincre d'autres pays, surtout les plus grands, d'agir de concert sur les dossiers transnationaux.

La géopolitique est en plein bouleversement : facteurs de la puissance, rapports entre civilisations, États, sociétés, industries se recomposent. Pendant plus de trois siècles ils se sont appuyés pour l'essentiel sur la superficie et la population, les richesses et la puissance militaire, dans le respect d'un nombre toujours croissant de règles. Désormais, l'État-nation, qui reposait sur la défense des frontières dans une conception guerrière et une utopie autarcique, doit prendre appui sur de nouvelles entités plus vastes et ne pas méconnaître des espaces plus restreints, à l'exemple des régions.

Incontestablement, la puissance se mesure de moins en moins à l'aune du militaire mais se déplace vers le dynamisme économique. L'armée l'incarne encore, la garantit et la préserve, mais ne la forge plus : dix divisions valent moins que dix multinationales, même si l'*imperium* – les États-Unis nous le rappellent tous les jours – combine puissance militaire et économique. Les manuels de géographie d'autrefois, qui passaient en revue la superficie, la démographie et les ressources naturelles ne sont donc plus en phase avec la réalité actuelle. Afin de pouvoir s'intégrer au monde, il faut être à la fois raccordé au système central et relié à un réseau de proximité dans une double intégration, horizontale et verticale, à l'image de Singapour, Hong Kong ou la Californie. Après la disparition du clivage Est-Ouest, la division Nord-Sud évolue en profondeur pour établir une ligne de partage non seulement entre continents riches et pauvres mais aussi au sein de chacun des États de la planète qui découvrent leur propre quart-monde intérieur. S'est ainsi constituée une élite mondiale de la richesse et de l'intelligence qui tend de plus en plus à s'extraire des dépendances nationales. Cette nouvelle spirale épouse une nouvelle logique du développement : New York, Paris, Mexico, Bombay ou Moscou offrent à la fois les vitrines du plus grand luxe, des technologies et recherches les plus avancées, et le visage de la misère et de l'abandon les plus profonds. Pour chaque nation, un défi particulier et complexe est à relever d'urgence. Il s'agit à la fois de rester dans la course mondiale et de préserver un équilibre interne indispensable, ce qui suppose de recréer les solidarités qui s'affaissent. Les pays tentés de jouer le repli sur eux-mêmes seront balayés, tandis que ceux qui se lancent à corps perdu dans la bataille sans être suffisamment soucieux de leur cohésion interne risquent l'explosion.

Dans ce monde où les rapports de force deviennent de plus en plus âpres, où tout se mêle et se confond, les facteurs culturels ou religieux et, plus généralement, les différentes composantes de l'identité prennent de plus en plus d'importance. Les démocraties ne préserveront leur influence que si elles savent cultiver les liens humains et spirituels, développer leur capital de valeurs susceptibles de renforcer la volonté de vivre ensemble. Sous le poids de l'urgence, d'un quotidien envahissant, d'une asphyxie due à un trop-plein de désirs diffus, nos sociétés, si elles ne réagissent pas, prennent le risque de se dissoudre. Faute de conserver les clés de l'unité, elles s'exposent à être absorbées dans des ensembles anonymes et sans âme. L'élan, la solidarité, le respect de l'autre, dans une tradition humaniste aujourd'hui concurrencée par des passions aveugles ou par l'indifférence, doivent plus que jamais continuer d'inspirer la démocratie. Celle-ci ne peut se réduire à un marché, une communauté d'intérêts, un tracé arbitraire sur un planisphère.

Dans ce contexte, la recomposition de la nation – au sens étymologique de berceau commun – représente un impératif indispensable. Alors que l'État a historiquement fondé notre nation, il faut aujourd'hui que celle-ci refonde l'État pour relever les nouveaux défis de la France dans l'Europe et dans le monde. Contrairement à tant d'autres, notre pays bénéficie pour ce faire d'un code de valeurs collectives encore partagé par la grande majorité. Notre ambition humaniste et universaliste, qui est aussi une vocation, nous prédispose à l'ouverture, mais dans la fidélité à nos racines. Nous avons, maintenant que les contentieux de la décolonisation sont estompés, un devoir envers ces pays qui ont retrouvé leur propre histoire. Beaucoup d'entre eux, à l'indépendance restaurée, à la langue vivifiée et amplifiée, à la culture magnifiée par l'éclat de vrais ressourcements, ont conservé, comme un dépôt précieux, le souci d'une langue française à laquelle ils restent viscéralement attachés. En retour, nous leur portons une attention spéciale, une fidélité, une affection et un respect particuliers. N'avons-nous pas à partager un même destin, sans doute une même vision de l'avenir pour relever ensemble les grands défis de la mondialisation ?

Il y a là une immense chance à saisir pour la France aux avant-postes de l'Europe, plus capable que d'autres de trouver un juste équilibre entre valorisation du travail et protection de chacun. Marqué par la défiance, notre pays avancerait ainsi vers une société de confiance, tandis que le modèle anglo-saxon devrait évoluer à l'inverse du plus grand risque vers la garantie des besoins essentiels. C'est de l'extérieur, dans la confrontation avec les autres, dans le choc créateur entre le monde et l'idée que nous nous faisons de nous-mêmes que peut aussi surgir, pour nous, le sursaut.

Par sa force, par l'affirmation d'une puissance économique et monétaire face aux grands pôles américain et asiatique, l'Europe peut également contribuer à dessiner un nouvel horizon. Elle doit s'affirmer comme un rempart face aux excès de la mondialisation. L'invention d'un modèle européen, comme il y eut un modèle français pour qui des générations furent prêtes à sacrifier leur vie, est un autre grand enjeu. En poursuivant résolument dans cette voie, la France retrouvera un rôle moteur dans la construction d'un continent pacifié et marchand mais auquel il reste à donner une identité spirituelle et une légitimité politique.

Le chemin pour y parvenir reste semé d'embûches. L'Europe est souvent diabolisée au même titre que la mondialisation. La réussite de l'introduction de l'euro n'a pas pour autant réconcilié les Français avec Bruxelles. L'Union européenne a été réalisée par une poignée d'individus, sans effort suffisant de pédagogie auprès de l'opinion, ses ambitieux architectes pensant qu'elle serait assez belle pour séduire. Certes, la cité est maintenant érigée, mais ses habitants la jugent froide, désincarnée, tandis que l'extension des faubourgs menace d'étouffer le centre. Dans un tel contexte, les transferts de souveraineté ont été mal compris, d'autant qu'ils ont profité à des institutions trop lointaines. Les gouvernements semblent soumis à des règlements coercitifs édictés par une oligarchie qui ne respecte pas assez les identités nationales. En outre, les opinions publiques voient d'un œil méfiant l'élargissement de l'Union au profit de pays plus pauvres, et de plus en plus éloignés et méconnus. La crise de confiance s'approfondit et accrédite la thèse d'une nation décomposée, dissoute dans un ensemble sans cesse plus vaste et plus hétérogène. Aujourd'hui le véritable défi consiste à réconcilier la nation avec l'Europe, pour affirmer un certain leadership. Paris ne pourra jamais se satisfaire d'être un partenaire parmi d'autres, au moment où l'Europe doit concilier des valeurs et des modèles d'organisation sociale et économique divers : traditions sociales-démocrates des pays du Nord, libéralisme traditionnel du Royaume-Uni et, plus récemment, de l'Espagne, modèles mixtes allemand ou français.

Pour continuer à faire vivre l'Europe, il s'agit maintenant de lui donner une âme, d'en faire une réalité attrayante, et pas seulement un moteur économique. L'idée de fédérer l'ensemble des nations européennes au sein d'une maison commune est une noble et ancienne idée, qui prend ses sources au meilleur du siècle des Lumières, dans les projets de paix perpétuelle de l'abbé de Saint-Pierre ou de Kant : l'Europe contre les guerres, contre le choix d'un avenir à reculons, contre le repli sur soi de vieilles nations apeurées, contre la ronde des tribus qui guettent, dans le sillon tracé depuis la Renaissance. Le temps d'une Europe limitée à des solidarités de fait est aujourd'hui révolu. Elle doit devenir une Europe du cœur, à laquelle chaque citoyen adhère avec conviction, une mosaïque vivante de langues et de cultures. Si les frontières sont devenues des seuils ouverts, liens de commerce et d'amitié, nos nations n'en continuent pas moins à être les principaux acteurs de l'histoire et à s'enrichir de leurs identités qui resurgiraient brutalement si on voulait les écraser dans un syncrétisme sans aspérités. L'Europe n'aura de vie propre que dans le réveil des mythes et le rappel de ses heures de gloire. Souvenons-nous de la princesse éponyme enlevée par Zeus, des territoires grecs et romains, de l'homogénéité des Empires, des glorieuses routes du commerce. Tournons une fois pour toutes la page sanglante des confrontations pour écrire l'histoire d'une fédération d'États-nations, d'une Europe diverse mais unie. Et aussi d'une Europe capable de décider et d'agir.

Osons la doter d'un visage, d'un centre de décision et d'impulsion qui incarnerait enfin l'idée autour de laquelle se rassemblent tant de peuples. Parallèlement, la création de la monnaie unique doit être prolongée par une union sociale, culturelle et éducative, ce qui suppose une harmonisation des droits des différents États ainsi qu'une meilleure synergie des universités et de la recherche. Rapprochement aussi des fiscalités européennes, devenu nécessaire pour ne pas nous laisser distancer dans la compétition pour l'activité et pour l'emploi. Enfin, il conviendrait d'achever ce processus par une véritable politique commune de sécurité, de défense et de justice.

Si le débat autour de la souveraineté a longtemps bloqué la réflexion, la donne a changé. Face à la mondialisation, l'État-nation, incapable d'offrir un cadre suffisant d'action et de régulation, montre ses limites. Une sage combinaison de l'espace national, où s'exerce de façon privilégiée la démocratie, et de l'ensemble européen, qui valorise nos atouts économiques, s'avère aujourd'hui vitale.

À l'image de ceux qui pensaient que dans un train, au-delà d'une certaine vitesse, le corps humain ne pourrait résister, que le cerveau exploserait sous la pression, notre société est aujourd'hui soumise à l'épreuve de l'accélération du temps, et pourtant elle avance.

Changement dans les âges de la vie avec le recul constant de la mort – un enfant sur deux né en l'an 2000 sera centenaire – et l'apparition du « quatrième âge » ; changement dans l'apprentissage qui valorise davantage la maîtrise de techniques que l'acquisition de connaissances ; obligation de l'éducation tout au long de l'existence ; changement dans l'organisation du travail avec la dématérialisation et la délocalisation ; changement dans les valeurs du travail avec une prime à la mobilité et à l'initiative. Tous ces bouleversements prennent de court une société divisée entre ceux qui sont prêts à sauter dans l'inconnu et ceux qui ne veulent plus bouger, tétanisés, à qui il faut insuffler confiance en soi et goût du risque. La France n'est pas que le pays des chansons et de l'épicurisme ; le goût de la conquête et de l'aventure y est peut-être plus puissant qu'ailleurs. Encore faut-il que les tempéraments puissent s'exprimer et que les initiatives soient accompagnées. Pour cela, la mondialisation, la révolution des télécommunications et l'informatique mettent à la portée de tous d'immenses possibilités. L'encouragement à la prise de risque doit être intégré par nos structures économiques et financières, facilité par nos procédures, vanté dans nos vitrines. Question d'entraînement, question de rythme et de souffle, question de culture aussi, pour savoir changer de pied et de refrain sans se contenter des sempiternelles ritournelles. Car dans ce monde-là, on ne peut éviter les hauts et les bas, les plaies et les bosses... Une deuxième et même une troisième chance sont à prévoir. À l'enthousiasme, il faut ajouter l'indulgence ; à l'aiguillon, la main sur l'épaule ; aux grands horizons, l'humanité.

Il nous faut une révolution mentale pour enfin rompre avec la conception circulaire et cyclique du temps qui fut la règle au Moyen Âge. L'humanisme de la Renaissance, l'esprit de progrès des Lumières, l'esprit de conquête de la Révolution sont concurrencés par la croyance au déterminisme social, le jeu des pesanteurs et le cynisme des comportements. Désormais le changement doit être prôné comme une valeur ajoutée pour tous, temps linéaire et cumulatif, espace d'un possible rendu à chacun et non décompte jaloux et pessimiste d'un monde conservateur, d'un monde fini. Pour maintenir la flamme et l'élan, la stimulation doit venir du haut, par le rêve et l'ambition. Souplesse, imagination, pragmatisme, mobilisation, choix des priorités, décision, action, doivent désormais se trouver au cœur du pouvoir. Au sommet de notre esprit, à la pointe de notre désir.

Saurons-nous relever ce défi et forcer les portes du destin ? Remettre en marche la roue de la vie qui stimule le courage, l'audace, l'initiative, la mobilité et la responsabilité ? Parier sur le mouvement contre l'immobilisme, renouveler profondément nos méthodes et nos structures, briser le cercle vicieux du désenchantement ? À mesure que le citoyen occupe davantage l'espace, le pouvoir politique doit s'inscrire en vigie, moins acteur qu'accompagnateur, répondant aux besoins, soutenant les plus faibles : personne ne doit être mieux placé que lui, personne ne doit être capable de répondre mieux ou à meilleur coût que lui. Ce pouvoir doit être voulu et non plus subi. Pouvoir d'incitation et de correction plus que de gestion, vaste appel d'air qui balaie toutes les mesquineries.

Orphelin de sa dimension mythique, le pouvoir doit convaincre en inventant le nouvel espace du politique, en lieu et place de l'arène actuelle où comme le taureau il se démène, avili ou meurtri, face à un chiffon rouge. Il lui faut à nouveau chasser sur ses terres d'élection : l'imagination, le courage, l'humilité, l'éthique, l'action.

Le Cri de la gargouille

Tout au long de notre histoire, ce sont souvent nos fractures qui nous ont projetés en avant : deux France lancées l'une contre l'autre, dans un mouvement saccadé, fait de brutales accélérations suivies de longues périodes de morosité. Certains sont tentés de repeindre aux couleurs du temps ces vieux travers, remuant le chaudron des fantasmes, nation contre monde extérieur, pauvres contre riches, Français contre immigrés, liberté contre solidarité, collectivités locales contre État. Ils voudraient ignorer que le monde d'aujourd'hui n'est plus un monde binaire, que la mécanique implacable des dialectiques a cédé la place au complexe, au chaos et aux progrès par bonds, donc au questionnement et à l'humilité. Les défis auxquels nous sommes confrontés ne peuvent donc être relevés qu'en accueillant la diversité, l'imprévu et le mouvement au sein de notre modèle, hérités d'un temps où l'on croyait que la politique, comme la science, était régie par des lois éternelles et réductibles à la raison humaine.

Aujourd'hui orpheline, chancelante, facilement désabusée, la France brûle encore d'un désir d'histoire ; elle a gardé intacte la flamme d'une grande nation, ardente à défendre son rang. C'est d'une énergie et d'un caractère exemplaires que notre peuple attend aujourd'hui l'impulsion. Et je garde au fond de moi l'espoir, et même la conviction, que cette heure approche et qu'à la France d'aujourd'hui nous pouvons faire la même confiance que le général de Gaulle à celle d'hier : « Notre peuple porte de graves blessures, mais il suffit d'écouter battre son cœur malheureux pour connaître qu'il entend vivre, guérir, grandir. Le jour va venir où, rejetant les jeux stériles et réformant le cadre mal bâti où s'égare la nation et se disqualifie l'État, la masse immense des Français se rassemblera sur la France. »

La France est un grand et vieux chêne, toujours plein d'une sève éternelle. Un arbre qui, depuis des millénaires, a poussé et s'est épanoui dans un terreau unique, à la fois hospitalier et ouvert à toutes les invasions, une population diverse et pourtant homogène, un esprit porté à la rigueur autant qu'à l'esthétique. Le pouvoir, l'État, l'autorité forment la haute futaie à partir de laquelle se sont développées de larges frondaisons. Mais des surgeons jaillissent du pied et fatiguent la souche originelle, tandis que le gui prolifère au risque d'étouffer l'arbre qui le nourrit. De branche en branche, l'influence néfaste et ostentatoire de la Cour s'est propagée à tous les niveaux de la société. Elle a ruiné l'idéal d'égalité, perverti celui de solidarité, entravé les libertés, déconsidéré l'image des élus, encouragé le conservatisme et l'immobilisme au détriment de l'audace et de l'action ; elle a finalement dénaturé le rêve français, celui d'une France capable de se transcender et d'étonner le monde.

Ainsi, après plus de deux siècles, le grand fossé creusé par la Révolution s'est presque entièrement comblé. C'est tout un ancien régime de privilèges, de passe-droits, de statuts, de particularismes qui s'est édifié au cœur de la République. Autant de bastilles qui sont de nouveau à prendre et qui invitent à faire table rase. Pourrons-nous résister à la tentation de tout balayer ? Saurons-nous cette fois réformer sans détruire, suffisamment vite cependant pour nous accorder avec un nouvel âge qui ne laisse guère de chances aux retardataires ? Pour cela, cessons de nous abreuver aux eaux enchantées du Léthé, qui frappent d'amnésie ceux qui s'en désaltèrent, et osons goûter « l'eau fraîche qui coule du lac de Mémoire », selon la formule des tablettes d'or des disciples d'Orphée, chantre de la métamorphose et de la réincarnation ascendante, osons puiser aux sources encore vives de l'esprit français, ce bien commun façonné par les siècles, par la grande chaîne des vivants et des morts. Brisons pour cela le cercle de l'assentiment tacite, de la dictature des idées reçues, de la rumeur qui serre la gorge et brise la voix.

Dans les prochaines années, rien ne sera simple. De nouveaux combats doivent être menés car, jusque derrière la violence, percent une force et un appétit immenses de changement. S'il est une chance, chèrement acquise, un progrès qui n'a pas de prix, c'est cette éternelle passion démocratique française, cette impertinence des bouffons, cette volonté du peuple qui se veut, à nouveau, maître de son destin, et à qui il faut rendre compte pas à pas. Rassemblé, il sait montrer la voie aux dirigeants qu'il s'est choisis. À eux d'être à la hauteur de sa confiance. À eux de ne point se satisfaire d'une société réduite aux acquis, de refuser l'inéluctable, de veiller à ne point dresser une France contre une autre, de refuser les mirages d'un centre évanescent ou d'un milieu qui n'a de juste que le nom. Un peuple a toujours besoin d'idéal et de dépassement moral, de partage et d'échange. Les Français aspirent à retrouver un État qui garantisse leurs principales sécurités mais, devant les hémorragies modernes, ils ont surtout faim de nation. Ils entendent, riches de leurs atouts, renouer avec l'épopée des grandes aventures collectives, sans renier leur langue pétrie de l'inconnu et du nouveau, du proche et du lointain, vivante en Caraïbes de la mémoire des galions et des plantations, colorée des épices et des saveurs de l'Orient, émaciée du soleil et de la sécheresse de l'Afrique où, sur les grandes étendues, l'homme dépourvu de tout bagage inutile marche debout sur l'horizon, mangeur de poussières et de ciels, scrutant toujours de ses yeux noirs l'appel du dieu en lui.

Il y a une magie, une puissance mystérieuse de certains lieux. L'Élysée, ce « jardin enchanté » de la mythologie où se rendaient les âmes des héros, garde l'empreinte des figures tutélaires de son passé. Ici plus qu'ailleurs, là où les mânes et les ombres se croisent, où les héritages et les inspirations se mêlent dans le dédale des couloirs, peut-on rêver à de nouvelles alchimies ?

Napoléon, de Gaulle hantent encore ces murs. À cette heure avancée de la nuit, je ressens leur souffle dans ce bureau qui fut la chapelle de l'un au moment des Cent-Jours et la salle du Conseil de l'autre au début de la Ve République. Mais il est aujourd'hui une autre présence déterminée, de chaleur et d'exemple : un homme debout quels que soient le fardeau ou les flèches décochées, que je ne vis jamais gagné par la rancœur et l'amertume. Je me souviens de ce jour de mai 1997 où nous regardions ensemble le résultat du deuxième tour des élections législatives. Jamais il ne s'attarda sur lui-même, toujours guidé, dans la solitude comme dans la joie, par le souci de l'autre et la défense de l'intérêt général. L'État, je l'ai appris auprès de lui, est une haute exigence ; la République n'est point une idée chimérique ; la Nation un être de chair et de sang qui justifie les plus grands sacrifices au nom d'un idéal toujours vivant. Sur le versant de ce nouveau siècle meurtri dès la naissance par la barbarie, je sais cet homme plus que tout autre convaincu de la nécessité d'infuser un sang neuf, et de renouer avec le destin français. Malraux, à qui l'on demandait à la fin de sa vie ce qui caractérisait le plus la civilisation d'aujourd'hui, répondit : « À l'évidence, l'absence de décisions. » Voici enfin venue pour notre pays l'heure *décisive*, le temps de l'action.

En ce jour de printemps, je franchis cette grille par où Napoléon rejoignit la Malmaison le 25 juin 1815 avant de prendre la route de Rochefort. Je traverse les Champs-Élysées où, le 30 mai 1968, une foule immense accourut dans le sillage de Malraux pour acclamer le général de Gaulle ; je laisse sur ma gauche les jardins où Marcel Proust, enfant, jouait aux barres, puis la vaste place où, le 6 février 1934, les cannes ferrées de lames de rasoir tranchaient net les jarrets des chevaux de la Garde. Sur le pont Royal, point de vieille édentée pour crier, comme à Raphaël dans *La Peau de chagrin* : « Mauvais temps pour se noyer ! » Je songe que l'eau du fleuve coulant sous les arches du pont Mirabeau emportera bientôt les amours d'Apollinaire, puis le silence de Celan basculant dans le flot sombre pour échapper à la vindicte obsédante de ses bourreaux. Au Louvre, malgré les trésors entassés, j'entrevois à la croisée l'ombre furtive de Charles IX tandis que résonne encore l'écho des cloches de Saint-Germain-l'Auxerrois qui, le 24 août 1572, sonnèrent matines pour la Saint-Barthélemy. La flèche de la Sainte-Chapelle s'élance de l'antique palais des rois. La foule grise qui traverse le pont au Change n'a rien de la cohue turbulente et joyeuse de bourgeois et d'étudiants se pressant pour applaudir à la représentation d'un Mystère, comme au début de *Notre-Dame de Paris*.

Voici que s'élève enfin la masse formidable de la vieille cathédrale, trouée d'ogives, constellée de vitraux, piquée de pinacles, hérissée d'un bestiaire fabuleux, de mille gargouilles hallucinées. Mille gargouilles fantasques qui, au soir tombé, bavardent, éructent, jacassent, grand tumulte de voix rauques que, depuis bien longtemps, les oreilles des hommes ont cessé d'écouter. Mille gargouilles qui cherchent à s'arracher au vaisseau de pierre, arc-boutées de toutes leurs forces sur leurs membres griffus, qui se tendent vers le vide, ivres d'espace et d'air. Mille gargouilles, depuis tant de siècles, penchées sur la ville, immobiles sentinelles qu'observent, narquois, les hiboux. Mille gargouilles aujourd'hui encore plus vivantes que nous, apprivoisant les leçons du passé. Sous leurs yeux exorbités défilent inlassablement processions et conspirations, fêtes et deuils, massacres et victoires. Elles tiennent dans leurs gueules nouées les serments des rois et des partisans, les murmures des conjurés, les appels des résistants, les dénonciations des traîtres, les repentances des convertis. N'est-il pas temps d'entendre leurs cris ?

Table

Table

Composition réalisée par NORD COMPO

IMPRIMÉ EN ESPAGNE PAR LIBERDUPLEX
LIBRAIRIE GÉNÉRALE FRANÇAISE - 43, quai de Grenelle - 75015 Paris
Dépôt légal Édit. [illegible]
ISBN : 2 - 253 - 15435 - 0

Composition réalisée par NORD COMPO

IMPRIMÉ EN ESPAGNE PAR LIBERDUPLEX
LIBRAIRIE GÉNÉRALE FRANÇAISE - 43, quai de Grenelle - 75015 Paris
Dépôt légal Édit. : 29665-02/2003
ISBN : 2 - 253 - 15435 - 0

31/5435/8